ちくま学芸文庫

論証のルールブック

〔第5版〕

アンソニー・ウェストン

古草秀子 訳

筑摩書房

目次

はじめに

この本は、論証《アーギュメント》を書いたり評価したりするための簡潔な手引きである。つまり、必要不可欠な重要ポイントだけが書かれている。学生やライターにしばしば必要とされるのは、長々しい初歩的な説明ではなく、本書のような重要ポイントのリストなのだ。そこで本書は、守るべきルールの数々を取りあげて、各ルールをわかりやすく簡潔に説明するというかたちで構成した。つまり、この本は論証するためのテキストではなくルールブックである。

また、論証を教える側にしても、学生たちに自力で疑問点を解消するためのルールブックとして本書を活用させれば、授業時間をもっと有効に利用できる。ここでも、簡潔であることは重要だ。重要なのは、学生たちが実際の論証をうまく扱うのを手助けすることなのだから。だが、各ルールの内容は必要十分なものでなければならず、教える側がいちいち詳細な説明をするのではなく、たとえばルール6を参照せよ、などと指導できるものでなければならない。簡にして要を得ていること、それが本書の目指すところだ。

この本を論証を検討するコースで使用することも可能だ。論証について検討するには、多くの例や演習問題が必要であり、そうしたテキストはいろいろある。しかし、その種のテキストには足りないものがある――本書はそれを提供している。良い論証をまとめ上げるためのルールの数々だ。論理的思考を学んでも、身についたのは特定の誤謬《ごびゅう》を論破する（あるいは発見する）ことだけ、というのは望ましくない。論理的思考はもっと前向きな心で活用することができる。この本はそのための具体的な方法を示す一つの試みである。

論証のルールブック〈第5版〉

序章

論証はなぜ重要なのか

論証《アーギュメント》とは自分の偏見をたんに形式を変えて述べるものにすぎない、という考えがある。それゆえに、論証はつまらないし無意味だと思っている人が多い。「argument」を辞書で調べれば、「論争、議論」と定義されている。だれかとだれかが「論争する」とは、言葉で喧嘩《けんか》することだ。なるほど、それはよくある。だが、論証の本来の意味とはまるで違う。

この本では、「論証する」とは、**結論を支える一連の根拠や証拠を提示すること**を意味する。論証はたんに自分の考えを主張するだけでなく、単純な議論でもない。論証とは、特定の考えを根拠で裏づけようとする行為である。論証は無意味であるどころか、非常に重要なものだ。

論証が非常に重要である第一の理由は、それが**見解の是非を判断する手段**だからだ。見解にはいろいろある。十分な根拠で裏づけられた結論もあれば、不十分な裏づけしかないものもある。だが私たちは、そうした相違をきちんと理解していないことが多い。いくつもの結論が想定される場合、論証によってそれぞれを評価し、実際にどれほど説得力があるか見きわめなければならない。

ここでは、論証は**検討のための手段**である。一例として、学者や自然保護活動家のなかには、食肉を大量生産する「動物工場」は肥育される動物に強い苦痛を与えているから理不尽だし反道徳的だ、という主張がある。これは正しいだろうか？自分の偏見にもとづいて意見を述べてはいけない。この問題には多くの論点が含まれているのだ。たとえば、人間は人間以外の生き物に道徳的義務を負っているか。強い苦痛を感じるのは人間だけなのか。人間は肉を食べなくても健康でいられるのか。菜食主義者のなかにはとても長寿な人がいる。だとすれば、菜食のほうが健康に良いのか。それとも、菜食主義でない人のなかにも並外れて長寿な人がいることを考えれば、菜食は健康とは無関係なのか（菜食主義者のほうがそうでない人よりも長生きするケースが多いかどうか、データをもとに検討すれば、解答にいくらか近づけるかもしれない)。あるいはまた、菜食主義だから健康になるのではなく、健康な人が菜食主義を選ぶ傾向があるのだろうか。こうした疑問点は、はっきり結論づけられていないので、どれも入念に検討する必要がある。

論証が重要な理由はまだある。根拠で十分に裏づけられる結論が得られたなら、**それをいかにわかりやすく説明し、正当性を主張するか**が論証の役割となる。良い論証は、結論を単純に何度もくりかえすだけのものではない。根拠や証拠を示して、他人を納得させる。

たとえば、あなたが食肉用動物の肥育方法を変えるべきだと確信しているならば、どのようにしてその結論にいたったかを論証によって説明しなければならない。他人を確信させるには、あ、な、た、自身をそう確信させた根拠や証拠を示す必要がある。断固たる考えを持つことは間違っていない。だが、その考えを裏づける根拠や証拠を持たないことは間違っている。

論証はあなたとともに成長する

一般的に、私たちは「断定」によって「議論」する。つまり、裏づけのない結論——すなわち自身の要望や意見——からはじめる傾向がある。そして、少なくとも子どものうちはそれでうまくいく。

だがそれとは対照的に、本物の論証には時間も手間もかかる。根拠を整理したり、自分の結論と具体的な根拠の釣り合いをとったり、反対意見を考慮したり、さまざまなスキルを習得することが必要になる。大人の分別を身につけ、自分の要望や意見はひとまず置いて、実際に考えなければならない。

学校は役立つかもしれない——だが、そうでない場合もあるだろう。多岐にわたる事実や技術を教えるさまざまなコースにおいて、論証で答えるたぐいの質問が問われるような機会はごく少ない。合衆国憲法はたしかに選挙人団に大統領選挙をゆだねている——これは事実である——が、それは現在でもまだ良い考えだろうか（さらにいえば、過去においても良い考えだったろうか。だとしたら、その根拠は）？

また、多くの科学者が宇宙には地球外生命体が存在すると信じているが、それはなぜか？ どんな論証があるのか？ 幾通りもの答えに根拠が与えられる。結局のところ、それらの根拠を学ぶだけでなく、それぞれの答えを評価し、自分自身でさらに探究する方法を学ぶのが理想である。

くりかえしになるが、このやり方は時間も手間もかかる。そんなときは本書が役に立つ！ さらにいえば、手間暇かけて論証の練習をすることはそれ自体が魅力的な行為なのだ。心がより柔軟になり、制約から自由になり、鋭敏になる。論理的思考がどれほどの成果をもたらすかを評価するようになる。日常生活から政治、科学、哲学、ひいては宗教にいたるまで、論証はつねに考えをうながすために提供され、私たち自身も論証を使ってみずからの考えを提供している。論証とは、そうした言葉のやりとりのなかで自分自身の立場を示すための一手段だと考えよう。これほどすばらしいものがあるだろうか？

本書の構成

この本は、簡単な論証の説明からはじまって、論証をさらに展開させる方法や、論文（エッセイ）を書いたりプレゼンテーションをしたり議論したりするための応用法についても説明している。

第1章から第6章では、数行からなる短い論証の作成と評価を取りあげる。短い論証とは、根拠や証拠を簡潔に提示するもので、通常はいくつかのセンテンスあるいは一つのパラグラフからなる。短い論証からはじめるのには、いくつか理由がある。第一に、ありふれていて身近にあるからだ。本書で紹介する例は、いずれも日常会話の一部になっているようなものばかりだ。第二に、長い論証は短い論証をくわしく説明したり、複数の短い論証をつなげたりしている場合が多いからだ。短い論証を作成したり評価したりする技術を学べば、その技術を応用して論文やプレゼンテーションがつくれる。

第三に、簡単な論証なら、一般的な論証形式や、ありがちな誤りを理解しやすいからだ。長い論証では、要点も、主要な問題点も見つけにくい。それゆえに、この本で取りあげているルールのいくつかは、説明するまでもないあたりまえのことだと思えるかもしれないが、簡単な例を使っているから当然に思えるのだということを、頭において読んでほしい。ただし、短い論証を使って説明しても、むずかしく思えるルールもあるかもしれない。

第7章では、まず論証のアウトラインをつくってから、反論や選択肢を検討して論証を発展させることについて語る。第8章では、論証文を書くことに話を進める。第9章では、口頭でのプレゼンテーションの際のルールを、第10章では、口頭での議論について具体的に説明する。どんなに複雑な論証であっても結局のところは第1章から第6章で検討した短い論証の集合体なので、前半の第1章から第6章までがすべての基本となっている。したがって、論文やプレゼンテーションの手がかりにしようとこの本を手にした読者も、前半部分を飛ばして後半部分だけを読んだりしないように。最初から順に読み進められるように全体のページ数は少なくしてあるし、第6章までを読むことで後半部分を上手に利用するコツをつかめるはずだ。

巻末には、補遺Ⅰおよび補遺Ⅱを置いた。補遺Ⅰでは、誤謬、すなわち論証で使ってはいけない誤った推論について説明している。どれもだれもが犯しがちな誤謬なので、一つひとつに名称がつけられているほどだ。補遺Ⅱでは、定義をさだめたり評価したりする際の三つのルールをまとめた。必要に応じて活用してほしい。

第1章　短い論証をつくる——基本的なルール

論証は根拠を整理して、明確かつ公正なかたちに組織化することからはじまる。第1章では、短い論証をつくるための基本ルールをいくつか取りあげる。その後、第2章から第6章では、さまざまな種類の短い論証について具体的に説明する。

ルール1　前提と結論を決める

論証を組み立てる第一歩は、「なにを証明しようとしているのか」と自分に問いかけることだ。すなわち、「結論はなんなのか」ということだ。結論にたどりつくには、根拠を提示しなければならない。根拠となる主張は**前提**と呼ばれる。

たとえば、豆類をもっとたくさん食べるべきだと友人（あるいは子どもや両親など、相手がだれであれ）を説得したいとしよう。おそらく、これは受け入れてもらえる見込みが非常に高い主張ではないし、とくに重要視される主張でもないだろう。だが、手始めの例としては適切だし、そもそも食生活は大切だ！　どんな論証を構築するか考えてみよう。

結論は「豆類をもっとたくさん食べるべきだ」となる。あなたはそう信じている。けれど、それはなぜだ？　根拠はなんなのだ？　まずは根拠をいくつか考えて、それらが本当に十分な根拠であるかどうか確かめる必要があるだろう。人々を納得させて、食生活を変えさせるには、十分な根拠を明確に述べなければならない。では改めて、どんな根拠があるだろうか？　重要な前提の一つは、豆類が体に良いということだ。豆類は食物繊維やタンパク質が豊富で、脂質やコレステロールが少ない。したがって、豆類の多い食生活は人々の寿命や健康に良い影響をもたらすと考えられる。友人や両親にとってこれがはじめて聞く話なら効果的だと思われるかもしれないが、たとえそうでなくても思い出してもらうのには役立つ。

他人を納得させるには、重要な前提をさらに加えるのがいい。豆料理は魅力的でないとみなされがちなので、料理法に変化をつけられるし予想外に食欲をそそると訴えてはどうだろう？　あなたの好物がスパイシーブラックビーンズ入りのタコスやひよこ豆のフムスなら、それを例にとるのもいい。こうして、明確な結論としっかりした根拠による論証ができあがる。

ジョークを論証にすることも可能だ。ただし、根拠はばかげていると思えるかもしれない。

地球上で生きるのは大変かもしれないが、毎年無料で太陽のまわりを一周できる特典がついている。(1)

太陽のまわりを一周することは、本来なら苦しい人生を耐えるための特典とは考えられない。それがこのジョークの笑いどころだ。だが、それは根拠でもある。人生はそれほど悪いものではないかもしれないという主張を正当化しようとしている。これはなかなかおもしろい論証だ。

ルール1として「前提と結論を決める」と言うとき、「決める」という言葉は関連しあう二つの意味を持つ。一つは「区別する」こと。根拠と結論は異なる。両者をしっかり区別しよう。無料で太陽を一周することは、人生の苦しみに耐えることとは異なっており、論理的には最初に来ている。つまり前提である。苦しみをより上手に耐えることは、あとに来る。こちらは結論だ。

前提と結論を区別したなら、その両方の主張に責任を持たなければならない。これが「決める」のもう一つの意味だ。決めたなら、次へ進もう。でなければ、主張を変えよう！　いずれにしろ、他人に主張を明確に伝えるには、まずは自分自身にとって明確なものにしておこう。

この本は、多種多様な論証のリストを提供する。それを利用して独自の論証を展開しよう。たとえば、物事を一般化して考えるには、第2章を活用しよう。一般化には前提としていくつかの例が必要になることと、どのような例をあげればいいかがわかるはずだ。演繹的論証を使って結論を導くにはどのような前提が必要かは、第6章で説明している。どんな論証がもっとも適切か判断するには、おそらく、いくつか違った論証を試してみる必要があるだろう。

・

ルール2　筋が通る順序でアイデアを示す

論証は展開していく。根拠と証拠が結論を導くのだ。どのように展開するかによって、論証は流麗にも不細工にもなるし、的確にも的外れにもなり、明瞭だったり不明瞭だったりするだろう。明瞭で効率的、さらに欲をいえば優雅な論証こそが望ましい。

豆類についての論証をもう一度例にとろう。論証文を書くならば、どのように書くだろうか?　たとえば次のような例がいいだろう。

もっとたくさん豆類を食べるべきだ。その大きな理由の一つは豆類が健康に良いからだ。豆類は食物繊維やタンパク質が豊富で、脂質やコレステロールが少ない。さらにいえば、豆類は料理法が多彩で食欲をそそる。スパイシーブラックビーンズのタコスやフムスを試してはいかがだろう。

この文章では、一つひとつの主張がごく自然につながっている。まず結論が述べられている。つづいて前提が述べられ、それを裏づけるものとして、豆類が健康に良い簡潔な根拠があげられる。次に、もう一つの前提が述べられ、その例がつづく。論証の順序を変えることも可能だ。二つの前提の順序を入れ替えても、同じ結論へと導ける。

論証をこのように順序良く展開することは、論証がより詳細で複雑になればことさら肝要だ。正しい場所に正しい文章を置くのは簡単ではなく、誤りが生じやすくなる。たとえば、前出の論証を次のように書いたとしよう。

スパイシーブラックビーンズのタコスやフムスを試してはいかがだろう。豆類は食物繊維やタンパク質が豊富で、脂質やコレステロールが少ない。豆類は料理法が多彩で食欲をそそる。もっとたくさん豆類を食べるべきだ。豆類は健康に良い。

同じ前提と結論を使っているものの、述べられる順序が違い、読み手が前提や結論を認識する手掛かりになる、一般に**サインポスト**と呼ばれるつなぎ言葉（たとえば「大きな理由の一つは」など）が使われていない。こうなると、論旨がとても理解しにくい。前提とそれを裏づける例とがつながっておらず、読み返さなければ、どれが結論なのかわからない。読み手がそれほど忍耐強いとはかぎらない。

うまく筋が通る順序を見つけるためには、論証を何度か組み立てなおしてみよう。それには、この本で語るルールが役立つはずだ。どんな前提が必要なのか、それらを最適な順序に並べるにはどうすればいいのか、この本のルールを活用して考えてみよう。

ルール3　たしかな前提をはじめに示す

いかにスムーズに結論を導いたとしても、前提の説得力が弱くては結論も弱くなってしまう。では、こんな論証はどうだろう？

今日の世界には、本当に幸福な人間などいない。それゆえ、人間は幸福になるようにできていないらしい。けっして得られない幸福など期待すべきではない。

この論証の前提は、今日の世界ではだれも本当に幸福ではないという主張だ。憂うつな雨の午後や落ちこんだ気分の日など、それが真実だと思えるときもあるだろう。だが、この前提が本当に妥当かどうか、あらためて自分に問うてみよう。今日の世界ではだれも本当に幸福ではないのだろうか。絶対にそうなのか。前述した毎年の太陽一周の旅は役立たないのか。

この前提は少なくともある程度議論の余地があるといえるし、真実でない可能性が高い。だとすれば、人間は幸福になるようにできていないし幸福になることを期待すべきではない、と論証することはできない。

たしかな前提を示すのは簡単とはかぎらない。たとえばだれもが知っている事例があったり、特定の分野にくわしい権威者の賛成意見がある場合は、簡単といえる。そうでなければ、明確な前提を示すことはなかなかむずかしい。もし前提に絶対的な確信が持てなければ、ある程度の調査と、前提そのものに対する短い論証（もしくはそのどちらか）が必要になるだろう（この点については、ルール31であらためて考える)。もし自分の前提を十分に立証できないとわかったら、いうまでもなく、あきらめて最初からやりなおそう!

ルール4　具体的かつ簡潔に

抽象的、曖昧、そして大ざっぱな言葉は避けよう。「炎天下を何時間も歩いた」と書くのは、「長くつづく困難な努力の道のりだった」と書くよりも、はるかにわかりやすい。また、簡潔であることも大切だ。中身のない飾った言葉を使えば、だれもが混乱してしまうだけだ。

【悪い例】

大半の人々が就寝するよりも一時間早くに寝床へ入り、大半の人々が起床するよりも一時間早くベッドを離れることは、回復力の強い身体や良好な経済的基盤、そして尊敬に値するような賢明な洞察力や判断力に資する知的能力をもたらすだろう。

【良い例】

早寝早起きは、健康、裕福、賢明のもとである。

ここで紹介した悪い例はやや誇張しすぎかもしれないが、いいたいことはわかるはずだ。ベンジャミン・フランクリンの名言は役に立つし、みごとな韻を踏んでいるが、もっとも重要なのは、彼の言葉が簡にして要を得ている点である。

ルール5 感情的な意味合いの強い言葉は避ける

大げさで感情的な言葉をふりかざすのではなく、具体的な根拠を提示しよう。

【悪い例】

面目ないことに、かつてあれほど隆盛を誇った旅客鉄道をすっかり衰退させてしまったアメリカは、いまや名誉にかけて過去の繁栄を取り戻す義務がある！

この文章は鉄道に旅客を取り戻そうと主張しているようだ。だが、結論を裏づける証拠はなにもなく、感情的な意味合いの強い言葉ばかりが並んでいる。そのうえ、まるで口先だけの政治家のように、新鮮味のない言葉ばかりだ。旅客鉄道が「衰退」したのは「アメリカ」がなにかをした、あるいはしなかったせいなのか。いったいなにが「面目ない」のか。「かつて隆盛を誇った」組織が混迷に陥った例は数多くある――そうした組織をすべて立ちなおらせなければならない、というのは理屈に合わない。アメリカが「名誉にかけて」鉄道の繁栄を取り戻さなければならないのは、どうしてだろう？　約束を破ったとでもいうのか。だとしたら、だれになにを約束したのだろう？

環境面でも経済面でも、高速道路にかかるコストがますます大きくなっている現在では、鉄道を復活させるべきだという主張は、いろいろ展開できるはずだ。例文の論証がそうした論拠をあげていないのは問題である。感情的な表現にばかり頼ったあげく、まるで説得力がないのだ。これではなにがいいたいのかまるでわからない。感情的な表現は必要以上の説得性を発揮することがあるのはいうまでもないが、論証に必要なのは実際的かつ具体的な証拠である。

同じように、反対意見を脚色したり歪曲《わいきょく》したりして、自分の論証を見栄《みば》えよくしようとしてはいけない。一般に、どんな主張であれ、真剣で偽りのない考えにもとづいているものだ。他人の考えを理解しようとつとめよう。他人の考えを正しく理解しようとすることは大切だ。たとえ、あなたにとってまったく賛成できない意見であっても。たとえば、新しいテクノロジーを疑うからといって「洞窟生活の時代に戻る」ことに賛成する人はおそらくいないだろう（では、彼らはなにに賛成するのか? 尋ねてみる必要があるだろう）。また、進化論を信じるからといって自分の祖父母がサルだったと主張する人もいないはずだ（では、彼らはどう考えているのか?）。一般に、他人の見解に反論しようとするなら、まずはその人がどう考えているか、きちんと理解する必要がある。

ルール6　首尾一貫した言葉を使う

通常なら短い論証ではテーマや文脈は一つである。一つの考えをいくつかの段階を経て展開するのだ。したがって、その一つの考えを注意深く選択した明確な言葉で表現し、各段階で同じ言葉を使用しよう。

ウィリアム・ストランクとE・B・ホワイトは『英語文章ルールブック』で、有名な「イエス・キリストの山上の説教」を例にとって、「並列構造」すなわち「物事を並列してならべるときには各要素が同じカテゴリーでなければならない」というルールを説明している。

心の貧しい人々は、幸いである、天の国はその人たちのものである。
悲しむ人々は、幸いである、その人たちは慰められる。
柔和な人々は、幸いである、その人たちは地を受け継ぐ……
（マタイによる福音書五章）

ここでは「Xは、幸いである、なぜならY」というかたちが公式となっている。つまり、いずれの文章もまったく同じ構造で同じ表現が使われている。論証の際にも、同じやり方をしよう。

【悪い例】

ペットの世話について学べば、人間に頼って暮らす生き物がなにを必要とするかを学ぶことができる。猫や犬があなたを必要とするときに注意深く観察してそれに応えることは、相手の要求を認識してそれに対応する能力を磨き子どもたちへの対応力も向上させる。したがって、家畜動物を親身に世話することは家族の世話をするスキルを向上させうる。

これでは、各文はそれなりに明確かもしれないが、それぞれのつながりは藪のなかに隠れてしまっている。その藪は興味深いかもしれないが、深すぎて身動きが取れない（すでに述べたように、論証では展開が重要だ）。

【良い例】

ペットの世話について学べば、人間に頼って暮らす生き物がなにを必要とするかを学ぶことができる。人間に頼って暮らす生き物がなにを必要とするかを学ぶとき、あなたはより良い親になる方法を学ぶ。したがって、ペットの世話について学べば、あなたはより良い親になる方法を学ぶ。

良い例は地味で文章スタイルは恰好が良くないかもしれないが、具体的で明快という点ではるかにすぐれている。二つの例には、シンプルだが大きな違いがある。悪い例では、鍵となる考えが登場するたびに異なる言葉で表現されている。たとえば、「ペットの世話について学べば」は、悪い例では「家畜動物を親身に世話すること」と言い換えられているが、良い例では同じ言葉を使って論証している。もちろん、文章のスタイルを重視する必要がある場合もあるが、その場合でも言葉を飾りすぎず、簡潔な論証を追求しよう。

【もっとも簡潔な例】

ペットの世話について学べば、人間に頼って暮らす生き物がなにを必要とするかを学ぶことができ、それによって、あなたはより良い親になる方法を学ぶ。

第2章　例証による論証

例証による論証は、一般化を裏づけるための具体的な例を一つ、あるいは複数示す。たとえば、こんな論証を検討してみよう。

昔の女性は非常に早婚だった。たとえば、シェイクスピアの『ロミオとジュリエット』のヒロインであるジュリエットは、まだ一四歳になっていなかった。また、中世のユダヤ人女性にとっては、一三歳が結婚適齢期だった。そして、ローマ帝国時代には、多くのローマ人女性が一三歳以下で結婚した。

この論証は、ジュリエットと中世のユダヤ人女性とローマ帝国時代のローマ人女性という三つの例から、昔の「多数の」、あるいは「ほとんどの」女性について一般化している。この論証形式をわかりやすく表現すると、次のようになる。

（前提1）シェイクスピアの戯曲に登場するジュリエットは一四歳になっていなかった。

（前提2）中世のユダヤ人女性の結婚適齢期は一三歳だった。

（前提3）ローマ帝国時代のローマ人女性は、一三歳以下で結婚することが多かった。

（結論）それゆえ、昔の多くの女性が非常に早婚だった。

前提から結論への流れをはっきりさせたいとき、こんなふうに分解すると理解しやすい。

では、前提が一般化をきちんと裏づけるには、どんな条件が必要だろう？

もちろん第一の必要条件は、前提としてあげる例が的確であることだ。ルール3を思い出そう。まずは説得力のある前提を示さなければならない！　もしジュリエットが一四歳未満でなかったら、あるいはローマ人やユダヤ人の女性の大半が一三歳以下で結婚していなかったら、この論証は説得力がなくなるし、もしすべての例に裏づけがないとなれば、そもそも話にならない。論証の土台になる前提の内容をきちんと確かめるためには、あるいは良い例を見つけるためには、ある程度の調査が必要だろう。

では、例がすべて的確であるとしよう。それでも一般化はなかなかむずかしい作業だ。この第2章では、例証による論証のための注意点を考えてみよう。

ルール7　複数の例をあげる

一つの例だけを使った例証もありうる。ジュリエットの例だけをあげて女性の早婚について語ることもあるだろう。だが例を一つ示すだけでは、一般化を裏づけるには十分でない。ジュリエットは例外かもしれないのだ。みじめな億万長者が一人いるからといって、すべての億万長者がみじめだとはいえない。新しいレストランの一つの料理がすばらしくおいしいからといって、その店のすべての料理がおいしいとはいえない。一般化をきちんと裏づけるには複数の例が必要になる。

【悪い例】

太陽光発電は広く使用されている。

したがって、再生可能エネルギーは広く使用されている。

太陽光発電は再生可能エネルギーの一つの形態だが、多くの種類のうちの一つでしかない。他の再生可能エネルギーの現状はどうだろうか?

【良い例】

太陽光発電は広く使用されている。

水力発電は昔からずっと広く使用されてきた。

風車はかつて広く使用され、ふたたび広く使用されるようになりつつある。

したがって、再生可能エネルギーは広く使用されている。

ここでの良い例は完璧ではないかもしれない(ルール11でさらに検討する)が、悪い例よりも説得力がある。

一般化する事例が少ないときには、すべての、あるいはほぼすべての例を考慮するのがもっとも望ましい。たとえば、あなたの兄弟について一般化するには、全員について一人ひとり検討するべきだし、太陽系の惑星すべてを一般化する場合にも同じことがいえる。

一般化する事例が多いときには、「サンプル」を選択する必要がある。当然ながら、若くして結婚した昔の女性を一人残らず例にあげることなど不可能だからだ。だから、そのうちの何人かを例として選択しなければならない。必要とされる数は、例の内容にどれほどの説得力があるかにも左右されるが、その点についてはルール8で検討する。また、一般化する対象範囲がどれほど広いかにも左右される。一般に、範囲が広ければ、より多くの例が必要になる。たとえば、あなたが住んでいる町の住民が優秀な人間ばかりだと主張するには、あなたの友人が優秀な人間ばかりだと主張するよりも、たくさんの証拠が必要だ。友人の人数しだいでは、ほんの二、三人の例をあげるだけで、自分の友人が優秀な人間ばかりだと論証できるかもしれないが、よほど小さな町でないかぎり、自分の町の住人が優秀な人間ばかりだと論証するには、かなりの数の例が必要だ。

ルール8　代表的な例を的確に選択する

いくら数多くの例をあげても、一般化される対象を代表するには十分でない場合もあるだろう。たとえば、虫刺されというテーマについて考えてみよう。カやブユなど人間を刺す虫はいろいろいるし、まず頭に浮かぶのはそうした虫だ。結局のところ、だれだろうとみんな虫に刺される！　刺さない虫について知るには、生物学の教科書を読んだり、ネットで検索したりしなければならないだろう。だが実際には、ほとんどの昆虫は刺さない。たとえば、ガやカマキリ、テントウムシ、（ほとんどの）カブトムシなどだ。

同じように、古代ローマの女性は別の時代や地域の女性を代表していないのだから、古代ローマの女性の例ばかりをたくさんあげても、昔の女性一般について語るには説得力がないといえよう。論証に説得力を持たせるには、「昔」に含まれる別の時代や地域の女性の例をも含める必要がある。

個人的な「サンプル」が、実際にはまるで「代表的」とはいえないということは見逃されがちである。じつのところ、多くの人々を代表するようなサンプルはまず存在しない。それなのに、私たちはしばしば人々をグループとして一般化しようとする。たとえば、「人間性」について語ったり、選挙の際の投票行動について述べたりする。

【悪い例】

この周辺の人々は学校債に賛成している。したがって、学校債は投票でかならず可決される。

一地域の人々の意見が全投票者の意見を代表することはめったにないので、この論証は説得力が弱い。裕福な地域の住民たちは、大衆には人気のない主張を支持するかもしれない。学生が多く住む大学町と呼ばれる地域では、よそでは人気のない候補者が優勢なことが多い。さらにいえば、私たちは近所の人々の意見についても、きちんとした証拠を持っていないことが多い。庭に支持広告が掲げられていたり車に候補者のステッカーを貼ってあったりするからといって、それが地域全体を代表する証拠だとはかぎらない。

「学校債は投票でかならず可決される」と論証するには、全投票者を代表するサンプルが必要である。そういうサンプルを手に入れるのは容易でない。それどころか、代表的サンプルを手に入れるために専門家の助けを借りることも多いが、そうした専門家が実施する世論調査でさえ、誤った投票結果を予測する場合がある。たとえば電話による世論調査は、携帯電話番号の情報を得られないために固定電話を対象としていた。だが、現在では固定電話の所有者は一部にかぎられ、しかもその人々は代表的な層ではなくなってきている。

基本的には、一般化しようとしている母集団のもっとも的確な断面図を探そう。たとえば、あなたの大学で学生たちがなんらかのテーマについてどう考えているかを知りたければ、周囲の友人たちだけから意見を聞いたり、同じクラスの学生たちだけから意見を聞いたりして一般化してはいけない。かなり広範囲な友人にあたり、数多くのクラスの学生たちから意見を集めなければ、あなたの個人的なサンプルでは学生全体を代表することはできない。同じように、アメリカについて他国の人々がどう考えているかを知りたければ、外国からの観光客だけに尋ねてはいけない。なぜなら、彼らはアメリカを選んでやってきた人々だからだ。多様な各国のメディアを注意深く見れば、もっと代表的な構図を見ることができるだろう。

サンプルが人間である場合、さらに基本的なポイントは、調査対象者が参加の有無を自己選択できてはいけないということだ。すなわち、答えるかどうかを対象者自身が選択できるオンラインやメールでの調査は、真っ先に除外される。進んで自分の意見を表明したがる人々は、ほぼ例外なく全体を代表する人々ではなく、強い主張を持っていたり時間を持て余していたりするような人々だ。そうした人々がどんな考えを持っているかは興味深いかもしれないが、それは彼らが必ずしもだれかのためではなく自分自身のために話しているからだ。

ルール9　裏づけとなる確率はきわめて重要

自分が一流の射手だと証明するには、中心を射抜いてある的を相手に見せるだけでは十分ではない。まず間違いなく、「で、何回失敗したの？」と訊かれるだろう。

一発で中心を射抜くのは、何回も射てようやく射抜くのとはまったく異なる。さらなるデータが必要だ。

レオンは陽気な人に出会うと星占いで予言された。驚いたことにそれが実現した！　だから、星占いは信用できる。

たしかにドラマチックな実例かもしれないが、たった一つの例で占星術が信用できるとはいえない。この証拠を評価するには、占星術がどれほど実現しないかについても知らなければならない。一つの教室を調べれば、二〇人あるいは三〇人ほどの学生のうち、レオンのような例が一人くらいは発見できるかもしれない。それはわくわくする話だ。だが残りの一九人あるいは二九人の占星術は的外れだ。当たる確率が二〇分の一あるいは三〇分の一の予測は信頼できるとはいえない。ただのまぐれ当たりに過ぎない。先ほどのアーチェリーのようにドラマチックな成功というのもあるにはあるだろうが、そういう確率はとても低い。数少ない例にもとづく論証の信頼性を評価するには、背景となる全体数のなかでの「命中」数の割合を知らなければならない。またしても代表的か否かの問題だ。それ以外の例はないのか？その割合は高いのか低いのか？

このルールは幅広く適応できる。最近では、多くの人々が日常生活において犯罪に巻き込まれる恐怖を感じているし、サメに襲われたりテロの犠牲になったりという劇的な話を耳にするのもめずらしくない。もちろん、そうした事件や事故は恐ろしいが、それらが現実に特定の個人の身に降りかかる確率は――たとえばサメに襲われる確率は――きわめて低い。そして、犯罪の発生率は下がり続けている。メディアが犯罪やテロの恐ろしい事例をしばしば伝えるせいで、例外にばかり目が行ってしまうのは疑いようがない事実だ。だが、だからといって、そうした事例が代表的だとはいえない。同じようなことが、たとえば宝くじの当選確率にもいえる。宝くじに当たる確率、すなわち当選確率はほぼゼロに等しいほど低いのに、宝くじに当たらなかったたくさんの人々ではなく、大金を手に入れたたった一人、あるいは数人の当選者にばかり目が行く。そして、背景にある確率を過大評価して、宝くじを買えば今度こそ自分も当選するかもしれないと想像する。みなさん、無駄遣いはやめましょう。当選する確率を考慮することを忘れずに！

ルール10　統計の数字には批判的な視点が必要

「数字でなにかを証明する」ことはできない！　論証に数字が使われているというだけで、それがすぐれた論証だと判断する人がいる。統計は権威や明確さというオーラを帯びているらしい。だが、実際には、数字は他の種類の証拠と同じく、批判的に検討する必要がある。脳のスイッチをオフにしてはいけない！

かつて、強いスポーツチームを売り物にしている大学のなかには、選手として使い物にならなくなった学生を成績不良で退学させてしまうと非難された大学もあった。だがそれは過去の話で、今では運動選手たちもきちんと卒業する割合が高くなっている。多くの大学で、彼らが卒業する率は五〇パーセント以上だ。

五〇パーセントとは、どういうことだろうか？　とても印象的な数字だ！　この数字は、一見すると説得力がありそうだが、じつはそうでもない。

第一に、「多く」の大学で運動部員の五〇パーセント以上が卒業するということは、そうではない大学もあるということだ。したがって、この数字は運動選手を使い捨てにするような大学にはあてはまらないのだろう。だが、そもそも問題とされるのはそんな大学なのだ。

また、この論証は卒業する割合について言及している。「卒業する率が五〇パーセント以上」というのは、各大学の全体の卒業率とくらべてどうなのかを知る必要があるだろう。一般の学生と比較して著しく低いのなら、運動部員はいまだひどい扱いを受けていることになる。

もっとも問題なのは、この論証が、運動部員たちの卒業率が以前と比較して実際に向上していることを裏づける根拠を提示していない点だ。運動部員の大学卒業率はかつて非常に低かったという印象にもとづいた主張なのだろうが、過去の数字を提示しなければ、向上したと断言するのは許されない。

数字が証拠として不完全である例は他にもある。たとえばルール9は背景にある割合が重要な場合があると示唆している。それに対応して、論証が割合やパーセンテージを提示するとき、関連する背景情報として例の数値を含めなければならない。

大学のキャンパスで車の盗難が二倍になったというとき、一台から二台になっただけなら、それほど心配する必要はないだろう。

過度の正確さもまた、統計の落とし穴の一つだ。

毎年、このキャンパスでは紙製やプラスチック製のカップが四一万二〇六七個も捨てられる。今こそ再利用可能なカップを使うべきだ！

ごみの減量には大賛成だし、たしかにキャンパスでは大量のごみが出る。だが、捨てられるカップの数を正確に知っている者などいない。しかも、毎年きっちり同じ数だけ捨てられることなどありえない。これは数字を証拠にして現実以上の権威をつけている例だ。

数字はきわめて簡単に操作されうる点にも注意すべきだ。世論調査員は、質問の仕方によって答えが変化することをよく知っている。最近では、たとえば選挙でどの候補に投票するかについて、誘導的な質問で人々の考えを変えさせようとする「世論調査」まである（「もし彼女が嘘をついていると判明したら、あなたは違う候補に投票しますか？」といったような質問が例にあげられるだろう）。さらに、見るからに「正確な」統計がじつは当てずっぽうや外挿（訳注：既知の資料から未知のことを推測・予測すること）にもとづいているというのはよくある話だ。薬物使用や闇取引や不法外国人の雇用といったような事柄については、明らかにしないあるいは公言しないというのは非常によくあることで、それらがいかに広範囲に広がっているかに関して自信たっぷりに一般化している場合は注意するべきだ。

たとえば、こんな例があげられる。

もし子どもたちがテレビを観る時間が今のペースで増加すれば、二〇二五年には眠る時間がなくなってしまう！

たしかにそうだが、そうすると二〇四〇年には一日に三六時間もテレビを観る計算になってしまう。こうしたケースで既知のデータをもとにした予測は数字上では可能だが、限度を越えればなんの意味もなくなってしまう。

ルール11　反例を検証する

反例とはあなたの一般化を否定する例のことだ。おもしろくないと思われるかもしれない。だが、早い段階でうまく使えば、反例は一般化の最良の友になれるのだ。例外は「ルールを証明しない」どころか、逆に誤りだと立証してしまう恐れさえあるが、より完璧に近づけることができるし、あなたの手助けをしてくれる。それゆえ、早い段階で徹底的に反例を探そう。それこそが、自分が想定する一般化に磨きをかけ、テーマをより深く探るための最良の策だ。

前出の論証をもう一度考えてみよう。

太陽光発電は広く使用されている。
水力発電は昔からずっと広く使用されてきた。
風車はかつて広く使用され、ふたたび広く使用されるようになりつつある。
したがって、再生可能エネルギーは広く使用されている。

ここであげられている例は、太陽光、水力、風力といった複数の再生可能エネルギー源が広く使用されていると証明することを助けている。だが、さらなる例を見つけようとするのではなく反例を考えれば、たちまちにしてこの論証が一般化しすぎているとわかるだろう。

はたして、すべての再生可能エネルギーが広く使用されているだろうか？「再生可能エネルギー」の定義を調べれば、潮汐エネルギーや地熱エネルギーなどさまざまなタイプの再生可能エネルギーが見つかる。そして、それらは多かれ少なかれ、それほど広く利用されていない。利用できる地域が限られているし、利用可能にしてもコントロールするのが困難だ。

反例を考えてみると、一般化を調整する必要が生じる。前述の再生可能エネルギーについての論証を例にとれば、結論を「さまざまな形態の再生可能エネルギーが広く使用されている」と変えることが考えられる。そうすれば、一部に限界や改善の余地があることを認めながらも、再生可能エネルギーが広く使用されていると論じられる。

反例は、あなたが本当に主張したい内容について、より深く考えるようにうながすものだ。たとえば、あなたが再生可能エネルギーについて論じる目的は、従来使用されてきた再生不可能なエネルギー源に代わって利用できる選択肢が存在すると示すことなのかもしれない。もしそうならば、すべての再生可能エネルギーが広く使用されていると論じる必要はない。あまり広くは使用されていないエネルギー源をもっと開発しようとうながすこともできる。

あるいは、すべての再生可能エネルギーが広く使用されている、もしくは広く使用しうると論じるのではなく、すべての（または、ほぼすべての）場所になんらかの再生可能エネルギー源があるものの、それらは場所によってさまざまに形態が異なると論じたいのかもしれない。これは最初の論証とは大きく違うし、より複雑であり、その考えには興味深い議論の余地がある（この論証にもまた反例があるだろうか？　考えてみてほしい）。

自分の主張だけでなく、他人の主張を評価するときもまた、反対意見を考えてみよう。彼らの結論に訂正や条件づけが必要かどうか、より微妙で複雑な方向で考え直す必要があるかどうか。あなた自身の論証にも他人の論証にも、同じルールがあてはまる。一つだけ違うのは、自分の論証なら自分で修整するチャンスがあるということだ。

第3章 類推による論証

ルール7（複数の例をあげる）には例外がある。類推による論証では、例をいくつも並べて裏づけるのではなく、二つの事柄が多くの点で類似していることを根拠にして、一方がある特定の性質を持つ場合に、もう一方も同じような性質を持つはずだと推論する。

はじめて宇宙へ飛んだ女性であるソ連（当時）のヴァレンティナ・テレシコワの発言はよく知られている。

ロシアで女性が鉄道員になれるのなら、宇宙飛行士になれないことがあるだろうか？

ロシアの女性が男性と同じ肉体的能力や技術を必要とする仕事に就き、その仕事と国家に尽くしていることを証明する例として、テレシコワは鉄道員をあげている。したがって、女性はすぐれた宇宙飛行士になれるにちがいない。この論証を分析すると、次のようになる。

(前提1)ロシアで女性は鉄道員として有能であることを立証してきた。

(前提2)鉄道員であることは、宇宙飛行士であることと似ている(なぜなら、いずれも肉体的・技術的な要求が大きい職業だから)。

(結論)それゆえ、女性は宇宙飛行士としても有能でありうる。

前提2で「似ている」に傍点がついていることに注目してほしい。論証が二つの事例の類似性を強調するとき、それは類推による論証であることがほとんどだ。

ルール12 類推には適切な類似性が必要である

類推による論証は、どう評価したらいいのだろう？

類推による論証では、最初の前提で、類推として使用する例について主張する。ルール3を思い出そう。論証はたしかな前提からはじめなければならない。ロシアの女性が鉄道員として有能な働きをしていなかったなら、テレシコワの論証はそもそも成り立たない。

第二の前提は、最初の前提と似ている例をあげて、結論へと結びつける。この前提を評価するためには、二つの例がどれほど適切に似ているかを考えなければならない。

二つの前提はあらゆる点で似ている必要はない。結局のところ、宇宙飛行士と鉄道員は大きく異なる。たとえば、汽車は空を飛ばない――むしろ、汽車が空を飛んだら大変だ。宇宙飛行士は大型ハンマーを振りまわしたりしないほうがいい。類推による論証は、**適切な類似性を必要とする**のだ。テレシコワは技能や身体能力や持久力について語りたかったのだろう。それらの点については、鉄道員も宇宙飛行士も同様に必要としている。

では、テレシコワの類推はどれほど適切に似ているだろうか？ 現代の宇宙飛行士についていえば、身体能力は実験を遂行したり科学的な観察をしたりするスキルほど重視されないかもしれない。これらのスキルはすぐれた鉄道員であるためには必ずしも必要ではない。だがテレシコワの時代には、身体能力や持久力は現代よりもはるかに重要とされ、体格もまた重要だった。初期の宇宙船内は非常に狭く、じつのところ女性の体は男性の体よりも適していたのだ。もう一つの重要なポイントは、ロシアの初期の宇宙飛行では、飛行士たちは地球へ帰還する際に最後は宇宙船から射出されパラシュートで降下しなければならなかったという点だ。そして、テレシコワはパラシュート降下に熟練していた。おそらく、これは重要な要素であり、身体能力と持久力に関連してはいるものの、鉄道員の仕事とは関係がない。

したがって、テレシコワの類推は部分的には成功であり、とりわけ彼女が活躍した時代には適していたが、現在ではそれほどの説得力はない。いうまでもないが、数多くの女性宇宙飛行士が活躍している現代ではその必要もない。

次の類推による論証の例はもっと複雑だ。

昨日ローマで、ネイティヴ・アメリカンのオジブワ族の族長アダム・ノドウェル氏が、興味深い発想の転換を披露した。族長の正装で飛行機から降り立ったノドウェル氏は、ネイティヴ・アメリカンを代表して「発見者として」イタリアを領有すると宣言した。「今ここに、本日をイタリア発見の日とさだめる。コロンブスはいったいどんな権利があって、すでに数千年にわたって先住民が居住していたアメリカ大陸を発見したといえたのか。私はコロンブスと同じように、今日この地を踏んで、この国を発見したと宣言する」[2]

ノドウェルは、自分の「イタリア発見」とコロンブスの「アメリカ大陸発見」は、少なくとも一つの点で似ていると主張している。すでに何世紀にもわたって人々が住み、日常生活を送ってきた土地を「発見した」という点だ。コロンブスはアメリカ大陸を発見したと主張したのだから、自分にもイタリアを発見したと主張する「権利」があるはずだというのだ。だが、もちろん、ノドウェルにはイタリアの領有権を主張する権利などない。したがって、コロンブスにもアメリカ大陸の領有権を主張する権利などなかったのだ。

（前提1）ノドウェルは、「発見者としての権利」はもちろんとして、イタリアの領有権を主張する権利など持たない（なぜなら、イタリアはすでに何世紀にもわたって人々の居住地となっているから）。

（前提2）コロンブスが「発見者の権利」としてアメリカ大陸の領有権を主張したのは、ノドウェルの主張と似ている（アメリカ大陸もまた、すでに何世紀にもわたって人々の居住地となっていた）。

（結論）それゆえ、コロンブスには「発見者としての権利」はもちろん、アメリカ大陸の領有権を主張する権利もなかった。

ノドウェルのこの類推は、どう評価したらいいのだろう？　二一世紀のイタリアと一五世紀のアメリカ大陸は明らかに違っている。現在では小学生でもイタリアの存在を知っているが、一五世紀には米大陸は世界の多くの人々にとって未知の存在だった。また、ノドウェルは探検家ではないし、ノドウェルが搭乗した民間航空機はコロンブスが乗船した帆船サンタマリア号とは違う。これらの相違を考慮してもなお、ノドウェルの類推は適切だろうか？　すでに人間が住んで日常生活を送っている土地に対して所有権を主張するのは道理に合わない、とノドウェルはいっている。世界中の小学生がその土地について知っているか、「発見者」がどんな乗り物で到着したかは重要ではない。本来なら、アメリカ大陸を発見したとき、コロンブスは外交関係を築こうとつとめるべきだったのであり、もし今の時代にイタリアを発見したとしたら、私たちはそうするはずだ——それがノドウェルの論点であり、そう解釈すれば、彼の類推は良い論証といえる。

第4章

権威による論証

なんでもすべて自分で直接に体験して、その道の権威になれる人などいない。過去へさかのぼって生きるのは不可能なのだから、昔の女性の結婚適齢期が何歳なのか自分で確かめることはできない。衝突事故に遭っても一番安全なのはどの車か、判断できる経験を持つ人はほとんどいない。スリランカにしろ州議会にしろ、ひいては小学校の教室にしろアメリカの街角にしろ、そこで実際にどんなことが起きているのかをじかに知ることはむずかしい。

そのため、私たちは他者に頼らなければならない。たとえば専門家や研究機関や調査や参考文献などに頼って、森羅万象についての必要な知識を語ってもらわなければならない。私たちはこんな具合に論じる。

X（知識を有するはずの情報源）によればYである。
それゆえ、Yは真である。

たとえば、

オーブリー・デ・グレイ博士によれば、人間は一〇〇〇年生きられるという。
それゆえ、人間は一〇〇〇年生きられる。

だが、他者に頼るのは危険の多い方法でもある。その道の権威とされる人が自信過剰かもしれないし（彼らも人間だから）、間違った方向へ導いているかもしれないし、そもそも信頼に値しないかもしれない。権威による論証にはどんな条件が必要なのか、またしてもチェックリストをつくってみる必要がある。

ルール13　情報源を明記する――きちんと裏づける

事実に言及する場合、それが事実であることが明白だったりだれもが知っているために裏づけを必要としない場合もある。アメリカに五〇の州があるとか、ジュリエットがロミオを愛していたということは、一般に証明する必要がない。しかし、たとえばアメリカの人口についての正確な数字などは、情報源の引用が必要である。同じようにヴァレンティナ・テレシコワの女性宇宙飛行士に関わる論証では、ロシアでは女性が有能な鉄道労働者だったと立証するために、その方面に詳しい権威者を見つける必要がある。

【悪い例】

女よりも男のほうが化粧や衣装で飾り立てる風習を持つ人々がいると、なにかで読んだことがある。

男女の性別による役割分担（ジェンダー・ロール）が、世界中どこでもアメリカと同じであるかどうかについて論じたいなら、これは異なるジェンダー・ロールの存在を示す例として適切である。しかし、そうした実例を身近に知っている人はほとんどいないだろうし、おそらく多くの人にとっては驚きであり、ありそうにないことだと思われるだろう。論証をゆるぎないものにするには、きちんとした情報源の引用が必要だ。

【良い例】

キャロル・ベックウィスは「ニジェールのウォダベ」（『ナショナル・ジオグラフィック』誌、一九八三年一〇月号、四八三―五〇九ページ）で、ウォダベ族などフラニと呼ばれる西アフリカの遊牧民族のあいだでは、化粧したり着飾ったりするのはおもに男性であると報告している。

引用の形式はじつにさまざまだが、どんな形式であれ、だれもが容易にその情報源にたどりつける基本的な情報をおさえてあれば十分だ。

ルール14　的確な情報源を探す──誰に頼るか、どこに頼るか

きちんとした意見を述べるには、的確な情報源を厳選しなければならない。ホンダの各車種の利点について議論したければホンダのメカニックが適任だし、妊娠や出産については助産師や医師、学校の現状については教師が専門家といえる。彼らはそれぞれに適切な経験と知識を備えているから、語る資格があるのだ。世界的な気候変動について最高の情報を得たければ、政治家ではなく気候学者に問いかけよう。

情報源としての資格の有無がそれほど明白でない場合は、情報源について説明しなければならない。オーブリー・デ・グレイ博士によれば、人間は二〇〇〇年生きられるという。では、そんな話を信じろというオーブリー・デ・グレイ博士とは、いったいどんな人物だ？　その答えはこうだ。デ・グレイ博士は老年学者で、老化の原因についての詳細な理論を築き、それらの原因を一つひとつ潰していけば老化は克服できると主張し、『ミトコンドリアのフリーラジカル老化理論』（*The Mito-*

chondrial Free Radical Theory of Aging, 未邦訳）をはじめ、多数の著書があり、二〇〇〇年にはケンブリッジ大学の生物学博士号を取得した。こういう人物が、人間は一〇〇〇年生きられるというならば――ありそうにない話に思えるものの――でたらめや素人の意見ではない。真剣に耳を傾けるべきだろう。

情報源の資格について説明するとき、論証についてもっと直接的な証拠を付け加えることもできる。

キャロル・ベックウィスは「ニジェールのウォダベ」（『ナショナル・ジオグラフィック』誌、一九八三年一〇月号、四八三―五〇九ページ）で、ウォダベ族などフラニと呼ばれる西アフリカの遊牧民族のあいだでは、化粧したり着飾ったりするのはおもに男性であると報告している。ベックウィスは同僚の文化人類学者とともに、二年間にわたってウォダベ族と一緒に生活して、男たちが踊る宴の前に、彼らが長時間かけて着飾ったり、顔を彩色したり、歯を白く塗ったりして、身支度するようすを観察した（ベックウィスの論文には数多くの写真が掲載されている）。ウォダベ族の女たちは男たちを観察し、品定めして、美しい男を自分の相手に選ぶ——それが当然なのだと男たちはいう。「美しさが女の心を惹く」のだそうだ。

的確な情報源は、必ずしも特定の分野の「権威」とされるような人物である必要はない。それどころか、「権威」が的確な情報源とはいえない場合さえある。たとえば大学について知りたいなら、事務室や広報部ではなく学生たちこそがもっとも確実な情報源といえる。なぜなら、大学での生活がどんなものかは学生たちが一番よく知っているからだ。

ある特定の分野の権威だからといって、どんなテーマについてもよく知ったうえで意見を述べているとはかぎらないことにも注意しよう。

ビヨンセは完全菜食主義者《ビーガン》だ。したがって、完全菜食は最高の食事法である。

ビヨンセはすばらしいエンターテイナーだが、食生活の専門家ではない（そもそも、ビヨンセがビーガンかどうかはまったく明確ではない）。同じように、「ドクター」という肩書を持っていても、それは「博士号を持っている」あるいは「なんらかの専門の医師である」ということであって、すべての問題について意見を主張する資格があるわけではない。

自分よりは知識が深いものの、さまざまな点で制約があるような情報源に頼らざるをえない場合がある。たとえば、戦場や政治裁判、ビジネスや行政の世界の内側などでなにが起きているか、私たちは断片的にしか知ることができないし、しかもその情報はジャーナリストや国際人権組織、監視組織などを通じてしか得られない。完璧でない根拠に頼らなければならないときには、その事実を認めておこう。しっかりした根拠のない情報であってもないよりましかどうかは、読者や聞き手が決めることだ。

本物の情報筋は、きちんとした根拠なしに結論を主張することはまずない。良い情報筋は少なくとも複数の根拠や証拠——事実や類推、別種の論証など——を使って自分の結論を説明し弁護する。たとえばベックウィスは、ウォダベ族と一緒に生活していた数年間に撮った写真や実際の体験談を提示している。したがって、権威者だけに頼った特定の主張を受け入れなければならない部分はあるかもしれないが（たとえば、一定の経験があるというベックウィスの言葉を、私たちは受け入れなければならない)、それでも論証を提示するための最良の情報源だけでなく、彼ら自身の結論を支えている判断をも得ることが見込める。そうした論証を探し、批判的な見地から確かめるのだ。

ルール15　公平な情報源を探す

特定の論争に強い利害関係を持っている人々は、その論争に関していえば、情報源として適していない場合が多い。彼らは真実に口をつぐむ場合もあるだろう。刑事裁判の被告人は有罪が証明されるまでは無罪とみなされるが、公平な目撃者の証言がないかぎり、無罪を主張する被告人の言葉を鵜呑《うの》みにする者はまずいない。

事実を見たままに語ろうとしているからといって、それで十分かといえば、そうではない。見たままを正直に語っても、偏見が入り込む可能性は否定できないからだ。人間には見たいものを見る傾向がある。自分の見解を裏づける情報には敏感に反応するが、否定する情報は無意識のうちに避けようとするものだ。

そこで、公平な情報源を探そう。当該の問題について利害関係がなく、正確さに重きを置く、たとえば大学で研究する科学者や統計のデータベースだ。大きな社会問題について語るとき、もっとも的確な情報がほしいなら、特定の利益集団の意見に頼るだけではいけない。ある製品について信頼のおける情報を得たければ、その製品の生産者に頼るだけではいけない。

【悪い例】

自動車ディーラーの担当者は、三〇〇ドル払って私の車にサビ止め加工をするべきだという。彼は知識があるだろうから、たぶんやっておいたほうがいいのだろう。

おそらくその担当者は知識があるのだろうが、その一方で、完全に信頼できないかもしれない。商品やサービスについて最良の情報は、独立した消費者検査機関から得られる。特定の製造企業や販売企業などに属していない組織は、可能なかぎりもっとも正確な情報を求める消費者に応えてくれる。リサーチをしよう！

【良い例】

消費者向け月刊誌『コンシューマー・レポート』によれば、最近では製造方法の向上により、車のサビ問題はほぼ解消され、サビ止め加工を推奨する必要はない(二〇一七年二月一三日付『コンシューマー・レポート』の記事「車販売のトリックにご注意」、http://www.consumerreports.org/buying-a-car/car-sales-tricks/、ならびにサミ・ハージ＝アサド「車にサビ止め加工は必要か？」Autoguide.com、二〇一三年三月二一日)

政治的な事柄について統計上の知識を得たければ、国勢調査局のような独立した公的機関で調べたり、大学の研究所などをあたればよい。国境なき医師団のような組織は世界各地で政治抜きに医療を実践しているので、比較的公平な情報源になりうる。彼らは特定の政府に対して支持も敵対もしない。

もちろん、独立性や公平性は必ずしも容易に判断できない。一皮むけば実態は利益集団などということがないように、情報源がしっかり独立していることをきちんと確かめなければならない。財源や独自の出版物をチェックし、さまざまな記録から活動の主旨を調べよう。主張が極端だったりあまりにも単純だったり、対抗する側への攻撃や要求に終始しているようならば、彼らの信頼度は弱くなる。くりかえしていうが、建設的な議論を提示しているもの、信頼できると認められているもの、反対意見やその論拠について徹底的に検討しているもの、そうした情報源を探そう。事実にまつわる主張はなんであれ偏見にもとづいている可能性があるので、自分できちんと確認しようとする姿勢は絶対に欠かせない。良い論証は情報源をきちんとあげている（ルール13）。そして、都合のいい部分だけを抜きとって証拠とするのではなく、正確にきちんと引用されていることを確かめ、他に有用な関連情報があるかどうかもチェックしよう。

ルール16　情報源を異なる視点からチェックする
――ひとつの意見だけに頼らない

複数の情報源にあたって内容を比較し、すぐれた専門家のあいだに意見の不一致があるかどうか確かめよう。専門家たちの意見は割れているか、それとも一致しているか？　もし大半の意見が一致していれば問題なく受け入れられる見解であり、それに反対する意見はいくら説得力があるように思えてもじつは浅慮といっていいだろう。専門家の意見が間違っていることは時としてある。だが、素人の見解はそれ以上に間違っているものだ。

ただし、複数の意見を検討すると、専門家のあいだにも意見の相違があることがある。その場合は、時間をかけて判断しよう。豊富な知識を持つ人々が慎重に扱っている問題をあわてて判断してはいけない。異なる立場から議論するのもいいし、自分の結論を見直すのもいい。

では、オーブリー・デ・グレイはどうだろう。人間は一〇〇〇年生きられるのだろうか？　複数の情報源をチェックしてみれば、デ・グレイの研究は綿密な調査のもとに巧妙に構築されていると認められてはいるものの、専門家の多くは彼の説に賛成していないことがわかる。[3] 強い批判も多い。彼は主流からはずれた存在だ。人間の寿命は本当は常識よりもはるかに長いという説は魅力的かもしれないが、一般にはありえないと考えられている。

よくよく探せば、重要なテーマの大半にはなんらかの意見の不一致がある。さらに悪いことに、一部のテーマについては、その道の権威とされる専門家のあいだでは実質的に不一致がないにもかかわらず、論争がつくりあげられている場合がある。たとえば、世界的な気候変動についてはかつて専門家間で意見の不一致があったが、現在では、気候が地球規模で変化しており人間活動がそれに一役買っているという考えは、科学の世界ではほぼ満場一致の見解となっている。たしかに、いまだに一部のメディアや選挙活動において声高な反対意見があるものの、データを可能なかぎり客観視する経験豊かな気候科学者たちのあいだでは、異論はまずない。気候変動のコンセンサスについては理論づけされた批判がいくつかあるが、専門家のほぼ全員による最良の判断では、要点は変わらない。一部の批判はこの分野の研究の発展に寄与したが、批判者はたとえその道の権威とされる専門家であっても（明確に）主流からはずれた存在である。

現実の証拠あるいは専門家の判断ではなく、イデオロギーが原動力になることがある。それらをどれほど真剣に受け取るべきかを知るために、こうした論争とされるものを検討する必要があるかもしれない(4)。

ルール17　インターネットを賢く利用しよう

オンラインの世界では、根拠のとぼしい悪意に満ちたサイトが、あたかも専門家のような体裁を取り繕っていることさえある。学術書の出版社やたいていの公共図書館は出版物や収蔵書籍の信頼性について少なくともなんらかのチェックをするが、インターネットは今のところはまだ未開の荒野であり、そうしたチェックはない。自分で取捨選択しなければならない。

本質的に、インターネットはいかなる場合にも権威とは無縁だ。たんに情報源を伝えるだけなのだ。インターネットを賢く利用する人は、それらの情報源を評価するすべを知っている――彼らは本書のルールを適用している。たとえば、ルール13の情報源の明記。その情報はどこから得たものか？　ウェブサイトの多くは情報源があやふやで、それは論証を築くうえでは赤信号となる。また、その情報源は的確か（ルール14）？　信頼性があるか（ルール15）？　そして、そのサイトは詭弁を弄したり（ルール5）、代表的でないデータを使ったり（ルール8）、的確でないあるいは偽物の「専門家」を使って（ルール14・16）自説を押しつけ、なにかを売りつけようとしたりなんらかの問題についてのあなたの考えを操作しようとしたりしていないか？　少なくとも、複数のサイトを調べてチェックする必要がある（ルール16）。

賢いユーザーは標準的なウェブ検索以上に深く調べる。検索エンジンでは「すべて」はサーチできない。実際には、特定のトピックに関するもっとも信頼できる詳細な情報は、標準的な検索エンジンでは入りこめない学術組織のデータベースなどにあることが多い。パスワードが必要になるかもしれない。教師や図書館員に尋ねてみよう。

ウィキペディアを利用するのもいいだろう。ただし、注意深く！「ウィキペディアはだれもが編集に加われるサイトです」というのは事実であり、虚偽や不正確な情報が載せられてしばしば問題の種にもなっている。微妙なバイアスがかかった意見もある。それでも、非常にオープンな性質は利点でもある。内容はつねに多くの人々の目にさらされ、ユーザーたちによって修正される。多くのユーザーが情報を加えたり向上させたりして貢献している。そのため、時間が経過するにつれて内容がより広範囲に、より中立的に変化していく場合も多い。議論があまりに激しくなればウィキペディア側の編集者が介入するし、注目を浴びる一部の話題については一般ユーザーによる編集ができなくなる場合もあるが、結果として、ウィキペディアの記述が間違っている確率（ルール9を思い出そう）はブリタニカ百科事典よりも優秀だ。[5]

いうまでもなく、賢い百科事典ユーザーはたんにウィキペディアを（あるいは他の百科事典を）引用するだけで自説を裏づけられるとは考えない。ウィキペディアはさまざまなトピックに関して情報を整理し、要約し、情報源を知らせることを意図している。賢い利用者はまた、どんな情報源に対しても注意深く、言葉の裏に隠されている意味や、不利な意見についての否定的な話などを見逃さない。

引用されている情報源はどれも、それぞれに限界やバイアスを持つ人々によるものだ。間違いやバイアスを避けることと同じくらいに重要なのは内容をすばやく修正する能力だが、この点についてウィキペディアに並ぶものはない。でたらめな書きこみや荒らしは通常ならたちまち修正されるし、更新はすべて追跡できる仕組みになっている。また、意見交換の場も設けられている。これほど透明性や自己修正能力の高い情報源が他にあるだろうか？　本当に賢い利用者は、ウィキペディアをより良くするために編集に参加しているかもしれない！

原因についての論証

教室で前列の席に座る生徒のほうが成績がいい傾向があることをご存じだろうか？　また、結婚している人はしていない人よりも幸福感が強いことについてはどうだろう？　その一方で、富は幸福感とは相関関係にないらしい——結局のところ、「人生で一番大切なものは金では買えない」というのは真実なのかもしれない。もし、とにかく金を手に入れたいというのなら、「積極的な」姿勢の人が成功する傾向があるということに興味を惹かれるだろう。経済的に成功するには、まずは人生に対する姿勢に注意するべきなのだろうか？

これらはいずれも原因と結果についての論証だ——どんな原因がどんな結果をもたらすか、ということだ。これはとても重要な問題だ。人は結果が好ましければそれをさらに好ましいものにしようと思い、好ましくなければ事態を改善したいと思うものだし、その両者について適切に評価したいと考える。それは当然の話だろうが、原因と結果を結びつけるには細心の注意と論理的思考が必要だ。

ルール18　相関関係から原因を導く論証

これが原因だと主張するための証拠は、一般には**相関関係**である。二つの、あるいは二種類の物事のあいだの規則的なつながりだ。たとえば、教室で座る席と成績との関係。結婚しているか否かと幸福感との関係。失業率と犯罪率との関係など、いろいろある。したがって、論証の一般的なかたちは次のようになる。

E_1（出来事や状態）はE_2（出来事や状態）とはっきり関連している。

したがって、E_1はE_2の原因である。

つまり、E_1はE_2とはっきり関連しているので、E_1がE_2の原因であると、私たちは結論づける。たとえば、瞑想をする人はそうでない人よりも穏やかな傾向がある。
したがって、瞑想は穏やかさをもたらす。

テレビ番組の暴力シーンの増加と現実世界での暴力の増加とを関連づけるように、世の中には数多くの相関関係が見いだせるかもしれない。

テレビ番組はますます暴力的で非人間的で堕落したものになっている。そして、社会もまたますます暴力的で非人間的で堕落したものになっている。
したがって、テレビは人々のモラルを荒廃させている。

逆相関（一方の因子が増加すると他方の因子が減少する関係にあること）もまた、因果関係を示しうる。たとえば、一部の研究は、ビタミン摂取の増大が健康を損ねることにつながるとし、ビタミンが有害（になりうる）と示唆している。また、幸福と豊かさに相関関係がないことから金銭は幸福をもたらさないと結論づける例のように、無相関の場合には因果関係がないことを示しているかもしれない。

相関関係を追求するのは、科学的研究の戦略でもある。なにが雷を起こすのか？　人間はなぜ不眠症や天才や共和党員になるのか？　風邪を防ぐ方法はないのか？　研究者たちはそうした興味深い状態と相関関係にあるものを探す。すなわち、雷や天才や風邪と密接に関連しており、それなしには雷や天才や風邪が存在しえないような、別の状態や出来事を探すのだ。こうした相関関係は微妙だったり複雑だったりするが、それらを発見することはそれでもなお可能であることが多く、そのため（うまくいけば）原因をしっかり理解することができる。

ルール19　相関関係には別の理由があるかもしれない

相関関係から原因を導く論証は、しばしば説得力がある。だが、そうした主張にも、見逃せない問題点がある。問題なのは、相関関係には**複数の説明が可能かもしれない**という点だ。相関関係それ自体からは、根本的な原因を最適なかたちで導けるかどうかは明確ではないのだ。

第一に、たんなる偶然の相関関係が存在する。たとえば、二〇一二年にシアトル・シーホークスとデンヴァー・ブロンコスがスーパーボウルに出場し、同じ年に両者の本拠州はいずれもマリファナを解禁したが、この二つの出来事につながりはないと思われる。

第二に、実際につながりがあるとしても、相関関係はそのつながりの方向を決定しない。もしE_1がE_2と関連しているとき、E_1がE_2の原因かもしれないが、逆にE_2がE_1の原因かもしれない。たとえば、「積極的な」人が成功する傾向があるのは（一般的な話として）事実かもしれないが、積極性が成功を導いたのかどうかは明確ではない。成功が積極性をもたらすのだと、逆に考えるほうが妥当かもしれない。人間は成功を体験すれば、さらなる成功の可能性を信じるようになる。成功と積極性は相関しているかもしれないが、もっと成功したいと願うのなら、積極性を心がけるだけではあまり大きな成果は得られないだろう。

同じように、人は瞑想のおかげで穏やかになるのではなく、穏やかな人が瞑想を好むとも考えられる。そして、テレビ番組がモラルを荒廃させるのではなく、社会のモラルがテレビ番組を荒廃させているのかもしれない（つまり、現実世界にはびこる暴力がテレビ番組の暴力表現をもたらしているということだ)。

第三に、相関する二つの要素に共通する別の原因があるとも考えられる。E_1とE_2が相関しているとしても、E_1がE_2の原因でも、E_2がE_1の原因でもなく、まったく別のE_3が両者の原因となっているかもしれないのだ。たとえば、教室で前の席に座る生徒のほうが成績がいいのは、前の席に座るから成績があがるのでも、成績がいいから前の席に座るようになるのでもないのかもしれない。学校生活に最善を尽くす生徒が、前の席に座り、いい成績を修めるとも考えられるのだ。

最後に、原因が複数あったり、複雑だったりする可能性もあり、それらが同時に多くの方向へ動くとも考えられる。たとえば、テレビ番組の暴力シーンはたしかに現実世界の暴力を反映しているが、同時に現実世界の暴力をある程度は激化させている。そして、従来の価値観の崩壊や建設的な余暇活動の欠落といった、別の根本的な原因もあるのだろう。

ルール20　もっとも確からしい説明を探す

ふつう相関関係にはいくつもの説明が可能だ。したがって、相関関係にもとづく良い論証をするためには、もっとも確からしい説明を探そう。第一に、つながりを埋めよう。すなわち、それぞれの説明がどのように意味を成すかをあげるのだ。

【悪い例】
独立系の映画会社は一般に大手の映画会社よりも創造性に富んだ映画をつくる。したがって、彼らの独立性が創造性を導く。

たしかに相関関係はあるものの、この結論はやや唐突だ。つながりはどこにあるのだろう？

【良い例】

独立系の映画会社は一般に大手の映画会社よりも創造性に富んだ映画をつくる。独立系の映画会社では会社からの制約が少なく、多様な観客のために新機軸を試せることからして、これはうなずける話だ。独立系の映画会社はまた一般に低予算なので、創造的な試みが失敗に終わっても被害が少なくて済む。そのため、彼らの独立性は創造性を導くのだ。

次に、自分が支持している説明だけでなく、別の説明についてもつながりを埋めてみよう。たとえば、ビタミンをたくさん摂取すると健康を損ねるという研究を例にとる。ビタミンには実際に健康を損ねる働きがあり、一部のビタミン（あるいはビタミンの多量摂取）が一部の人に害をもたらす、という説明は成り立ちうる。また、すでに健康を損ねている人は健康な人よりも多くのビタミンを摂取しがちだという説明も考えられる。じつのところ、これらの説明もまた、少なくとも一見したところでは、もとの説明と同程度かそれ以上にもっともらしく思える。最後に、相関関係をもたらす見込みがもっともありそうな説明を探そう。それには、より多くの情報が必要かもしれない。(一部の)ビタミンが害になりうることについて、別の説明があるか? もしあるのなら、その有害性はどれほど広く知られているか? もし、ビタミンを適量摂取した場合の有害性について具体的かつ明白な証拠がほとんどないのであれば、ビタミンが健康を損ねるというよりも健康を損ねている人がビタミンを多く摂るというほうが確からしいだろう。

別の例も考えてみよう。結婚と幸福は(一般論として)関連があるが、それは結婚が幸福度を高めるのか、それとも幸福度の高い人が結婚して、その結婚生活を維持するのに成功する傾向があるのか? 二つの説明についてつながりを考えてから、もう一度考えてみよう。

結婚が精神的・肉体的な支えを与えてくれるのは明らかで、これは結婚が人を幸福にすることを説明しうる。逆に、幸福な人は結婚しやすく、結婚生活を維持するのが上手だとも考えられる。だが、私の考えでは、二番目の説明のほうが蓋然性は低いように思える。幸福はあなたをより魅力的なパートナーにするかもしれないが、そうでないかもしれない——自分のことに熱中させてしまうかもしれない——、そして、幸福そのものが配偶者に対する誠実さや責任感をもたらすかどうかは心もとない。

もっとも確からしい説明が、陰謀や超自然的な働きによるものであることはまずない。もちろん、「魔の三角海域」と呼ばれるバミューダ・トライアングルで船や飛行機が数多く消息を絶っているのは超常現象によるものだという説に対して、絶対にありえないとはいい切れない。けれど、もっと単純で自然な説明とくらべれば、その蓋然性はかなり低い。バミューダ・トライアングルを往来する船や航空機の数は非常に多く、熱帯の気候は変化が激しく予想がむずかしい。しかも、ぞっとするような話が人から人へと語り継がれるうちに尾ひれがついてしまうのはよくあることなので、（いうなれば）信憑性が非常に高いとはいえない。

同じように、劇的な出来事（たとえばジョン・F・ケネディの暗殺やアメリカ同時多発テロ事件など）が起きたとき、矛盾や不可解な点にこだわって陰謀論を支持する人は多いが、そうした陰謀論による説明には、通常の説明がどれほど不完全であるにせよ、それよりもさらに多くの説明不能な部分がある（たとえば、もっともらしい陰謀がなぜこの特定のかたちをとったのか?）。つじつまの合わない些細な出来事すべてに邪悪な説明がひそんでいるにちがいないなどと思ってはならない。基本を正しく理解することは十分むずかしい。そして、すべての事柄に答えが必要なわけではない。

ルール21　因果関係は複雑だ

幸福だが結婚していない人は多いし、結婚しているが幸福でない人も多い。だからといって、一般に結婚は幸福に影響しないということではない。幸福か不幸か（そして、結婚か独身か）には原因がたくさんあるのだ。一つの相関関係がすべてではない。ここで問題になるのは、それぞれの原因の**重要度の違い**である。

一部のE_1が一部のE_2の原因であると主張するとき、E_1がE_2を引き起こさない場合があること、あるいは別の原因がE_2を引き起こす場合があることは、必ずしも反例とはいえない。たんにE_1がしばしばあるいは一般にE_2を引き起こすと主張しているだけだからだ。つまり、他の原因はそれほど一般的ではない、あるいはE_1はE_2の主要な原因の一つであり、全体からすれば複数の原因があり、他にも主要な原因があるかもしれない、というわけだ。世の中にはタバコを一本も吸わないのに肺がんになる人もいれば、一日三箱吸いつづけても病気とは無縁の人もいる。両者とも医学的には興味をそそられるし重要な例だが、いずれにしろ、タバコが肺がんを引き起こす第一の原因なのは変わらぬ事実だ。

たくさんの異なる原因があいまって影響を及ぼしている。たとえば、地球温暖化にはさまざまな原因があり、その一部には太陽の活動の変化など自然的なものもあるが、だからといって人間が原因ではないとはいえない。何度もいうが、因果関係は複雑なのだ。多種多様な要因が働いている（じつのところ、太陽の活動もまた温暖化に一役買っているのならば、それは人間活動が及ぼしている影響を減じるさらなる根拠となるだろう）。

原因と結果は循環構造にあるのかもしれない。映画会社の独立性は創造性をもたらすかもしれないが、逆に創造性のある映画製作者はそもそも独立性を求め、それがさらなる創造性をもたらす、というループ状になっているわけだ。より自由な活動を求めるがゆえに創造性と独立性の両方を求めることもあるだろうし、とてもすばらしいアイデアを持っていて大会社に売りたくないということもあるだろう。ことほどさように、因果関係は複雑だ。

こんな論証を考えてみよう。

（前提1）チェスに偶然の要素がないとしたら、純粋に腕前だけのゲームである。
（前提2）チェスに偶然の要素はない。
（結論）それゆえ、チェスは純粋に腕前だけのゲームである。

とりあえず、この論証が正しいとしよう。つまり、もしもチェスに偶然の要素がなければチェスは純粋に腕前だけのゲームであるものとし、そしてチェスには偶然の要素はない、とするのだ。そうすれば、チェスは純粋に腕前だけのゲームであると結論づけることができる。前提が真実であると認めたなら、結論を否定することはできない。

この種の論証は**演繹的論証**と呼ばれる。すなわち、（きちんとつくられた）演繹的論証は、前提が真実であれば結論も真実にちがいないというかたちの論証だ。きちんとつくられた演繹的論証は、妥当な論証と呼ばれる。

これまで取りあげてきた論証では、それ自体は間違っていない前提をどこまで積み重ねても、結論が真実であることを保証しない（もっともらしく思える場合はあるだろうが）。だが演繹的論証は、そうしたタイプの論証とは異なる。非演繹的な論証では、前提から新たな結論を導き出すのだが――それこそが例証による論証や権威による論証の要点である――妥当な演繹的論証の結論は、前提に含まれていることを明白にするだけだ。

いうまでもなく、現実には、私たちは自分が立てる前提に絶対の確信を持っているとはかぎらないので、現実の演繹的論証の結論は多少（ときには大いに）割り引いて受けとらなければならない。それでも、強力な前提が見つかれば、演繹法は非常に役に立つ。たとえ前提が不明確であっても、演繹法は論証を構成する効果的な方法である。

ルール22　前件肯定

二つの文章をpとqであらわすと、演繹的論証のもっとも単純なかたちは、次のようになる。

（前提1）もし［文章p］ならば［文章q］である。
（前提2）［文章p］である。
（結論）それゆえ、［文章q］である。

もっと簡単にいえば、

もしpならばqである。
pである。
それゆえ、qである。

これは前件肯定と呼ばれる推論形式だ。「チェスに偶然の要素がない」という文章をpとし、「チェスは純粋に腕前だけのゲームである」をqとすれば、この章の最初にあげた例は、**前件肯定**にしたがって推論している。もう一つ例をあげよう。

もし運転中に携帯電話を使うと事故が多くなるのであれば、運転中の携帯電話使用を禁じるべきだ。

運転中の携帯電話使用は事故を多くする。

それゆえ、運転中の携帯電話使用を禁じるべきだ。

この論証をさらに発展させるには、二つの前提についてそれぞれ説明し、正当性を主張しなければならない。前件肯定はそれぞれの前提を最初から明確に提示する方法である。

ルール23　後件否定

第二の演繹的論証は、**後件否定**である。

（前提1）もしpならばqである。
（前提2）qではない。
（結論）それゆえ、pではない。

ここで、「qではない」はたんにqの否定、すなわち「qは正しくない」という文章を意味している。と同時に、「pではない」も意味している。

では、探偵による推理を披露してみよう。シャーロック・ホームズは『白銀号事件』の鍵となる場面で後件否定による論証を使っている。厳重に警備された厩舎から馬が盗まれた。厩舎には犬がいたのだが、吠えなかった。では、どんなことが考えられるか？

馬小屋には犬がいた。にもかかわらず、だれかがやってきて馬を連れだしたというのに犬は吠えなかった。明らかに、やってきたのは犬がよく見知っている人間だ。[6]

ホームズの推論は後件否定にあたる。

もし見知らぬ人間が入ってきたら、犬は吠えたはずだ。
犬は吠えなかった。
それゆえ、来訪者は犬にとって見知らぬ人間ではなかった。

「来訪者は見知らぬ人間だった」をs、「犬は吠えた」をbとして、この推論を書けば、こうなる。

もしsならばbである。

bではない。
それゆえ、sではない。

「bではない」は「犬は吠えなかった」ということであり、「sではない」は「来訪者は見知らぬ人間ではなかった」ということだ。ホームズが指摘したように、訪問者は犬がよく知っている人物となる。内部の者による犯行だ！

ルール24　仮言三段論法

第三の演繹的論証は**仮言三段論法**だ。

（前提1）もしpならばqである。
（前提2）もしqならばrである。
（結論）それゆえ、もしpならばrである。

たとえば、ルール6で使った論証を思い出してみよう。

ペットの世話について学べば、人間に頼って暮らす生き物がなにを必要とするかを学ぶことができる。人間に頼って暮らす生き物がなにを必要とするかを学ぶとき、あなたはより良い親になる方法を学ぶ。したがって、ペットの世話について学べば、あなたはより良い親になる方法を学ぶ。

この推論を構成する三つの文章を分けて、それぞれを「もし――ならば……」のかたちで書き直せば、次のようになる。

もしペットの世話について学べば、人間に頼って暮らす生き物がなにを必要とするかを学ぶことができる。
もし人間に頼って暮らす生き物がなにを必要とするかを学べば、より良い親になる方法を学ぶことになる。
それゆえ、もしペットの世話について学べば、より良い親になる方法を学ぶことになる。

前提となる各文章の内容をアルファベットで示すと、次のようになる。

もしcならばaである。
もしaならばpである。
それゆえ、もしcならばpである。

ご覧のとおり、決まったかたちに書き換えると、なんとわかりやすくなることか！

仮言三段論法では、前提が「もしpならばqである」の形式で、q（後件）が次の前提のp（前件）としてつながるかぎり、どこまでも妥当性が続いていく。

ルール25　選言三段論法

第四の演繹的論証は**選言三段論法**だ。

（前提1）pあるいはqである。
（前提2）pではない。
（結論）それゆえ、qである。

たとえば、ここでも探偵風の例を考えてみよう。

タルトを盗んだのは、ドラベッラあるいはフィオルディリージだ。だが、ドラベッラは盗んでいない。となれば、明白なのは……

「ドラベッラがタルトを盗んだ」をdとし、「フィオルディリージがタルトを盗んだ」をfとするならば、次のようになる。

dあるいはfである。

dではない。

それゆえ、fである。

選言三段論法には複雑な点がある。英語ではor（あるいは）という単語は二つの意味を持ちうる。一般に「pあるいはq」といえば、少なくともどちらかが真であり、両方が真であることもある。これは「包括的な」解釈であり、通常は論理的であるとされる。だが、ときとして私たちはorを「排他的な」意味で使い、この場合には「pあるいはq」はどちらかが真であって、両方が真ではない。たとえば「彼らは陸上から来るか、あるいは空から来るかのどちらか」といえば、両方から同時に来ることはありえないと示唆している。この場合は、彼らがどちらか片方から来れば、もう一方からは来ないと判断できる（しっかり確認するほうが安全だが！）。

「あるいは」がどちらの意味で使われても、選言三段論法は妥当である（確かめてみよう）。だが、強いていえば、「pあるいはq」という文章から他になにを推論できるか——とくに、pでもあると知っているならqではないと結論づけられるかどうか――は、「pあるいはq」とする特定の前提における「あるいは」の意味するところによる（たとえば、ドラベッラがタルトを盗んだということだけがわかっているとき、フィオルディリージがそれに手を貸したかどうかは明白ではない〔訳注：ドラベッラとフィオルディリージはモーツァルトの歌劇『女はみんなこうしたもの』の登場人物〕）。くれぐれも注意深く！

ルール26　両刀論法《ジレンマ》

第五の演繹的論証は**両刀論法**だ。

pあるいはqである。
もしpならばrである。
もしqならばsである。
それゆえ、rあるいはsである。

修辞学的にいえば、「ジレンマ」とは、選択肢が二つあるがどちらを選んでも好ましくない結果をもたらす状態である。たとえば、悲観主義の哲学者アルトゥール・ショーペンハウアーは「ヤマアラシのジレンマ」と呼ばれる寓話を書いた。それは次のような内容だ。

ヤマアラシは体がとげに覆われているので、身を寄せ合いすぎると相手のとげが刺さって痛い。だが、あまり離れてしまうと寂しくなる。人間も同じことだ。互いにあまり近すぎると衝突や軋轢が生まれて苦しくなるが、逆に離れすぎると孤独になる。

これは次のように書き直せる。

他人と近い関係になるか、距離を置くか。
近い関係になれば、衝突して苦痛に悩まされる。
距離を置けば、寂しくなる。

それゆえ、衝突して苦痛に悩まされるか、寂しくなるかのどちらかだ。
また、アルファベットに置き換えればこのようになる。

cあるいはaである。
もしcならばsである。
もしaならばlである。
それゆえ、sあるいはlである。

両刀論法をさらに進めれば、「いずれにしても、不幸な状態になる」というような結論に結びつく。この展開についてはここではこれ以上説明しない。
そんな結論は悲しいので申し添えておくが、ヤマアラシは実際には互いのとげで傷つけあうことなく身を寄せ合うことができる。心地よく近くにいることができるのだ。だから、ショーペンハウアーの二番目の前提は間違いだ——少なくともヤマアラシの場合には。

ルール27　背理法

背理法は古くからある重要な演繹的論証の一つで、**帰謬法**とも呼ばれる。ただし厳密にいえば、**後件否定**の一形態といってよい。これは、ある結論を確立するためにそれとは逆のことを仮定し、それが矛盾を生じさせることを示すことで、当初の結論を認めざるをえなくする方法だ。「間接的な証明」とも呼ばれる。

「pである」と証明するには。
「pではない」と逆に仮定する。
その仮定から、必然的に得られる結論はqである。
qが誤りである（矛盾がある、ばかげている、不条理である）ことを示す。
結論として、pが真であると認めざるをえない。

たとえば、こんな例を考えてみよう。

宇宙ではまだだれもセックスをしたことがない。もちろん、宇宙でセックスしたと認めた人はいない。だがここで、あくまでも論証する目的で、宇宙でセックスした人がいるとしよう。とすれば、その人はその体験をだれにも話していないということになる。そして、そんなことはとうてい信じがたい。そんな秘密を守れる人などいない！(7)

この論証を背理法で整理すると、こうなる。


（証明したい命題）宇宙ではまだだれもセックスしたことがない。

（逆を仮定する）だれかが宇宙でセックスをした。

（その仮定から導かれる結論を検討する）宇宙でセックスした人はそれを秘密にしている。

（だが）そんなことはとうてい信じがたい。

（結論）宇宙ではまだだれもセックスをしたことはない。

妥当な論証だが、鍵となる前提は真実だろうか？　さて、もしあなたなら秘密を守れるだろうか？

ルール28　複数の段階からなる演繹的論証

妥当な演繹的論証の多くは、ルール22からルール27で紹介した単純なかたちを組みあわせている。たとえば、『四つの署名』のなかで、シャーロック・ホームズはワトソン医師に対して、推論の方法を解説し、観察と推論の関係について語っている。ワトソンがその日の午前中にある郵便局へ行ったことも、そこから電報を打ったことも、ホームズはいとも簡単に言い当ててみせる。「当たりだ！　二つともきみのいうとおりだ！　だが、いったいどうしてそれがわかったんだ」驚きの声をあげたワトソンに、ホームズは答える。

ホームズ「簡単なことさ。よく見れば、きみの靴の甲に赤っぽい土が少しついている。ウィグモア・ストリートの郵便局の向かいは工事中で、敷石をはがして土を掘り返している。郵便局に入るには、どうしてもそこを通る。ぼくが知っているかぎり、そんな赤土があるのは、あの辺だけさ。そこまでは観察の結果だ。あとは推論だ」

ワトソン「なら、電報を打ったことは、どうやって推論したんだ?」

ホームズ「きみが手紙を書いたのでないことはわかってた、午前中ずっときみと顔つきあわせて座っていたからね。それに、開いたままになっているきみの机を見たところ、切手も葉書も十分にある。そうすると、わざわざ郵便局に行くとすれば、電報を打ったためとしか考えられない。よけいな要素を除いていけば、残ったものが真実にちがいない⑧」

ホームズの演繹法をもっとわかりやすいかたちにすると、こんなふうになる。

1　ワトソンの靴の甲に赤っぽい土が少しついていた。

2　もしワトソンの靴の甲に赤っぽい土が少しついていたなら、ワトソンは午前中にウィグモア・ストリートの郵便局へ行ってきたのだ（なぜなら、そんな赤土がむきだしになっているのはその郵便局の前だけであり、そこを通らずに郵便局へ入るのは困難だ）。

3　もしワトソンが午前中にウィグモア・ストリートの郵便局へ行ってきたのなら、彼は手紙を出したか、切手か葉書を買ったか、あるいは電報を打った。

4　もしワトソンが手紙を出すために郵便局へ行ったのなら、彼は午前中に手紙を書いていたはずだ。

5　ワトソンは午前中に手紙を書いていなかった。

6　もしワトソンが切手か葉書を買うために郵便局へ行ったのなら、机のなかに切手や葉書の買い置きがたくさんあるはずがない。

7　ワトソンの机のなかには切手も葉書もたくさんある。

8　それゆえ、ワトソンは午前中にウィグモア・ストリートの郵便局で電報を打った。

では、この論証を、ルール22からルール27で説明した簡単な形式を使って、一連の妥当な論証に分解してみよう。まずは**前件肯定**だ(ここでは簡単な論証の結論は、ローマ数字を用いてⅠ、Ⅱなどと表記しており、さらなる結論を導くための前提として使っている)。

2 もしワトソンの靴の甲に赤っぽい土が少しついていたなら、ワトソンは午前中にウィグモア・ストリートの郵便局へ行ってきたのだ。

1 ワトソンの靴の甲に赤っぽい土が少しついていた。

Ⅰ それゆえ、ワトソンは午前中にウィグモア・ストリートの郵便局へ行った。

もう一つ前件肯定がある。

3 もしワトソンが午前中にウィグモア・ストリートの郵便局へ行ってきたのなら、彼は手紙を出したか、切手か葉書を買ったか、あるいは電報を打った。

Ⅰ ワトソンは午前中にウィグモア・ストリートの郵便局へ行った。

Ⅱ それゆえ、ワトソンは手紙を出したか、切手か葉書を買ったか、あるいは電報を打った。

三つの可能性のうち二つは、**後件否定**によって除外できる。

4　もしワトソンが手紙を出すために郵便局へ行ったのなら、彼は午前中に手紙を書いていたはずだ。

5　ワトソンは午前中に手紙を書かなかった。

Ⅲ　それゆえ、ワトソンは手紙を出しに郵便局へ行ったのではない。

そして、

6　もしワトソンが切手か葉書を買うために郵便局へ行ったのなら、机のなかに切手や葉書の買い置きがたくさんあるはずがない。

7　ワトソンの机のなかには切手も葉書もたくさんある。

Ⅳ　ワトソンは切手や葉書を買いに郵便局へ行ったのではない。

最終的に、全体をつなげることができる。

Ⅱ　ワトソンは午前中にウィグモア・ストリートの郵便局へ行って、手紙を出したか、切手か葉書を買ったか、あるいは電報を打った。

Ⅲ　ワトソンは手紙を出さなかった。

Ⅳ　ワトソンは切手や葉書を買わなかった。

8　それゆえ、ワトソンは午前中にウィグモア・ストリートの郵便局で電報を打った。

最後の結論は、範囲を拡大した**選言三段論法**である。ホームズの言葉どおり、「よけいな要素を除いていけば、残ったものが真実にちがいない」ということだ。

第7章　論証を展開する

さて、なんらかの問題やテーマを指定されたり選んだりして、論文（エッセイ）を書く、あるいは口頭でプレゼンテーションするとしよう。授業で論文を書いたり、討論会で話したり、新聞や専門誌などへ投稿したりなど、目的はいろいろだ。特定の問題に強い関心があって自分の考えをかたちにしたいだけ、という場合もあるかもしれない。

となれば、これまで検討してきたような短い論証をさらに発展させなければならない。考えをより詳細に掘り下げ、中心となるアイデアの数々を明確に示し、それぞれを論証で提示して裏づけなければならない。すべてに根拠や証拠が必要となるのだから、ある程度のリサーチが求められ、反対意見の論証についても検討しなければならない。これらは非常に骨が折れる作業だが、同時にためになる作業でもある。それどころか、多くの人々にとって、得るものがとても多く、思考を楽しむことができる！

ルール29　論証する問題について考える

まずは問題提起だが、そのとき自分の見解を必ずしも明白にする必要はない。最初からなんらかの見解を提示して、それを論証で補強しなければならないと思い込まないように。同じように、たとえ自分の見解があっても、まず頭に浮かんだ論証を一気に書いたりしないことだ。はじめに思いついた意見を書けばいいというものではない。しっかりした論証で防御できる、豊富な情報に裏づけられた意見に到達、することが求められるのだ。

地球以外の惑星に生命は存在するだろうか？　一部の天文学者たちが示唆する考え方がある。大半の星は独自の太陽系に属していることがわかってきている。だが、私たちの銀河系だけでも数千億もの恒星があり、宇宙全体には数千億もの銀河がある。もし、その膨大な数の太陽系のほんの一部に生命を育むのに適した星々があるのなら、そして、それらに実際に生命が存在するとしたら、少なくとも生命を持つ星々は無数にあるにちがいない(9)。

次は、なぜ疑いを持つ人々がいるのかだ。答えを見つけよう。一部の科学者は、生命が暮らすことのできる惑星がどれくらい存在するのか、そこで生命が発達する可能性がどれほどあるのか、まったくわかっていないと指摘している。すべては想像の枠内にしかないのだ。もし実際に地球外に生命体(あるいは知的生命体)が存在するのなら、すでにそれを知らせてきているだろうに、現実にはそんなことはないとして否定する意見もある。

これらの論証はどれもそれなりの重みがあるが、明らかにもっと議論が必要だ。すでに見てきたように、調査や議論を重ねるにつれて、予想外の事実や展望が判明することも十分ありうる。そんな驚きに備えよう。意にそわない意見を支持する論証や証拠に備えよう。自分自身の考えが揺らぐことに備えよう。真の思考とは制限のない自由なものだ。肝心なのは、考えはじめた時点では最終的にどんな結論にたどり着くかはわからないということなのだ。

たとえ問題だけでなく意見まで求められた場合でも、さまざまな意見について検討してみる必要がある。それらにどう対応するか準備しておけば、与えられた見解に対して余裕をもって議論できる。たとえば、非常に異論の多い問題について、だれもが何度も聞いたことのある論証を並べたてる必要はない。そんなことをしないように！　創造的な新しいアプローチを探そう。逆の立場に立って考えることも重要だ。要するに、進むべき方向をじっくり検討し、たとえ「与えられた」考えに立つ場合でも、その考えを前進させることをめざすのだ。

ルール30　基本的な考えを論証として示す

では、論証を構築することにしよう。つまり、理由や根拠で特定の意見を裏づけるのだ。意見を説明しようとするとき、まず基本的なアイデアを決めて、それを論証のかたちにする。一枚の大判の用紙を広げて、そこにあなたの前提と結論を実際に書いてみよう。

本書で説明した形式を使って、最初は三パラグラフから五パラグラフほどからなる比較的短い論証を書く。前述の地球外の生命の存在について論証をつくれば、次のようになるだろう。

（前提1）宇宙には私たちの太陽系以外にも数多くの太陽系が存在する。

（前提2）もし数多くの太陽系があるのなら、地球に似た惑星がある可能性が高い。

（前提3）もし地球に似た惑星があるのなら、そこには生命が存在する可能性が高い。

（結論）それゆえ、地球以外の惑星に生命が存在する可能性が高い。

練習のために、前件肯定と仮言三段論法でこの演繹的論証を説明してみよう。もう一つの例を、異なる内容で検討しよう。最近では、学生の交換留学プログラムを推進しようという主張がある。アメリカから海外へ留学する学生や、海外からアメリカへ留学してくる学生をもっと増やすべきだというのだ。もちろん、これを実現するには資金が必要であり、さまざまな場面で対策が必要になるが、世界の協調や平和に貢献するとされる。

では、この主張を支持する立場をとってみよう。すでに説明したように、まずは中心となる論証を構築する――基本的なアイデアだ。いったいなぜ、学生の交換留学プログラム拡充を主張するのか？

【第一案】

海外へ出た学生たちは諸外国で見聞を広められる。

見聞を広めることはためになる。

それゆえ、もっと多くの学生たちを海外へ送りだすべきだ。

このアウトラインは基本的なアイデアを押さえてはいるが、正直なところ、やや基本的すぎる。単純な主張以上のなにものでもない。たとえば、諸外国について知ることはどんな点で良いのだろうか？　そして、学生を海外へ送りだすことは、なにをもたらすのか？　基本的な論証さえも、もう少し掘り下げられる。

【改良案】

海外へ出た学生たちは諸外国の文化のすばらしさを知る。

海外へ出た学生たちは、訪問先の国々でいわば民間大使の役割を果たし、自国のすばらしさを広める。

そうした相互理解は、国々が互いに依存しあっている世界において共存や協調を促進する。

それゆえ、もっと多くの学生を海外へ送りだすべきである。


一つのテーマについて最適な論証を得るには、まずは複数の異なる結論——場合によってはまったく別の結論——を検討する必要がある。結論をしっかり決めたら、今度は論証形式をいろいろ試して最適なものを見つける必要があるだろう(このルールの最初に「大判の用紙」と書いたのはそのためだ)。くりかえしになるが、本書の各章で説明したルールを活用しよう。ゆっくり時間をかけて試行錯誤するのだ。

ルール31　基本となる前提を論証で裏づける

基本的なアイデアを論証形式にして書いたら、次に裏づけと展開が必要になる。あなたの意見に反対する人のために、そして、当該の問題についてなにも知らない人のためにも、たいていの場合、基本的な前提には裏づけとなる論証が必要だ。したがって、各前提はさらなる論証の結論となる。

地球外の生命体に関する論証を振り返ってみよう。この論証は、宇宙には私たちの太陽系以外にも数多くの太陽系が存在するという前提からはじまっている。科学論文や新聞記事などを引用することによって、次のようにこの前提を裏づけられる。

二〇一七年二月一七日現在、パリ天文台の天文学ウェブサイト「太陽系外惑星エンサイクロペディア」は、惑星系を構成するものを含む三五七七個の太陽系外惑星をリストにあげている(http://exoplanet.eu/)。

それゆえ、宇宙には数多くの太陽系が存在する。

二番目の前提は、もし数多くの太陽系があるのなら、地球に似た惑星がある可能性が高いとしている。さて、どのようにしてそれがわかるのか? 裏づけとなる論証は？　具体的な知識か調査あるいはその両方が必要だろう。ふだんから新しい情報に注意を向けている人ならば、いろいろな根拠を提示できるだろう。一般的には類推による論証が使われる。

私たちの太陽系は、巨大ガス惑星から岩だらけで水があり生命の生存に適した惑星にいたるまで、多種多様な惑星からなる。

私たちの知るかぎりでは、他の太陽系も私たちの太陽系に似ている。

それゆえ、私たちの太陽系以外にも太陽系があるのならば、地球に似ている惑星がある可能性が高い。

基本的な論証のすべての前提について、こんなかたちで続けていけばいい。各前提を裏づけるための適切な証拠が必要になるかもしれないし、証拠を探した結果として一部の論証や基本的な論証に多少の変化を加えることになるかもしれない。そうあるべきなのだ！　良い論証には「流れ」があり、各部分が互いに影響しあう。これは経験して学んでいくことだ。

前述の交換留学推進の論証についても、同様にアプローチする必要があるだろう。たとえば、海外へ出た学生たちが諸外国の文化のすばらしさを知ると考えられるのはどうしてか、そして、どのようにしてその考えを納得させるのか？ 各種の調査研究の結果を調べたり、専門家（交換留学プログラムを運営している人々や社会科学者など）に尋ねたりすれば役に立つだろう。ここでも、なんらかのかたちで論証のつながりを埋める必要がある。二番目の前提についても同じことだ。どのようにして、海外へ出た学生たちは、訪問先の国々で「民間大使の役割を果たす」のか？ 三番目の前提（相互理解がもたらすもの）は誤解されたり反論されたりする可能性が比較的低く、簡潔な論証を求めるのなら細部まで発展させる必要はないだろう（一つ憶えておきたい点は、すべての前提が展開や裏づけを必要とするわけではないということだ）。とはいえ、どのような恩恵が期待できるかを明確にすれば、論証の効力をより鮮明にできるだろう。たとえば、こんな具合だ。

> 理解し評価することは美点を見ることであり、相手に会う以前から美点を期待することである。

理解し評価することは喜びをもたらし、私たちの経験を豊かにする。異なる文化に美点を見たりそれを期待したりするとき、それらが自分の経験を豊かにするのを発見したとき、私たちは他者に対して厳しく偏狭な視野を持つことが少なくなり、国々が互いに影響しあう国際社会のなかで共存や協調を図りやすくなる。

それゆえ、相互に理解を深め評価することは、国々が影響しあう世界において共存や協調を促進する。

これらの前提に具体的な例をつけ加えれば、すばらしい論証ができあがる。

ルール32　反対意見を想定する

論証をつくるとき、自分の考えへの賛成意見ばかり考えてしまうのはよくあることだ。反対意見など考えもしないのだ。遅ればせながら、起こりうる問題について十分検討していなかったと気づくことは多い。そうなる前に自分自身で論証に磨きをかけておくべきだし、場合によっては根本的な変更が必要になることもあるだろう。そうすることによって、これからその論証を披露しようとしている相手に対して、自分がその問題を先入観なく完璧に検討したことを明らかにできる。そこで、想定した結論に対する最高の反論はどんなものだろうかと、つねに問いかけよう。たいていの場合、なんらかの行為がもたらす結果は一つではなく数多くある。あなたにとって想定外の結果は、あまり望ましくないものかもしれない。たとえばもっと豆を食べようとか幸福になるために結婚するとか学生をもっと海外へ送りだすといった、明らかに良いアイデア（「明らかに」というのは自分側の視点）が、思慮深い善意の人々の反対にあうかもしれない。自分以外の人々がどう考えるか、他人の心のうちを配慮しよう。

たとえば、学生を海外へ送りだせば危険にさらすことになるかもしれないし、海外から大量の留学生を受け入れれば治安上の問題が生じるかもしれない。そして、なによりも資金が必要だろう。これらは重要な反対意見だ。とはいえ、それに答えるのは可能だろう。たとえば、資金を投じてもそれに見合う利益があるとか、海外の文化を知る機会を失えば損失になると反論することもできる。なによりも、すでに多くの若者たちが兵士として、危険極まりない異国の戦場へ送りだされている。

反論を受けて、提案や主張を考え直すこともあるだろう。たとえば、海外からの留学生増加による治安悪化の心配に対しては、どんな人間を受け入れるかに配慮する必要があるのかもしれない。留学生の増加は明らかに必要だが、ある程度の制約をつけるべきだと論証することができる。

反論を考慮する必要性については、一般的あるいは哲学的な主張にもあてはまる。たとえば、人間は自由意志を持っている(あるいは、持っていない)とか、戦争は人間の本能だ(本能ではない)とか、地球以外の惑星にも生命が存在するといった主張だ。ここでも反論を考えておこう。もし学術的な論文を書くのなら、自分の主張に対する反論を指定図書や参考資料や(信頼できる)オンラインの情報源などから探そう。異なる見解を持つ人に話を訊こう。反対意見をふるいにかけて、もっとも関心が高く普遍的な意見を選び出し、それらについて答えてみよう。そして、自分の論証について再評価することも忘れずに。自分の前提や結論は、反対意見を考慮して、変えたり発展させたりする必要があるだろうかと考えるのだ。

ルール33　代案を検討する

自分の提案の正当性を主張するには、その提案が問題の解決につながることを示すだけでは十分ではない。ほかの実行可能な方法よりも優っている、と示さなければならない。

ダーラム市のスイミングプールはいつも大混雑で、とくに週末はひどい状況だ。それゆえ、ダーラム市はプールをもっと増やすべきだ。

この論証はいくつかの点で説得力が弱い。そもそも「大混雑」という表現があまりにも曖昧だ。だれが、どのプールがいつ、どれくらい混んでいると報告したのだろうか？　それに、世の中には混んでいる場所を選んで行く人もいるかもしれない。さらに、そうした弱点を改善してもまだ、結論は正当化されない。混雑を緩和するには、もっと手軽な方法が考えられるからだ。

既存のプールで自由に泳げる時間をもっと長くすれば、利用者はそれぞれに都合のいい時間に利用できて、特定の時間に殺到しなくなるだろう。利用者の少ない時間帯はいつか、周知徹底するのも有効だろう。水泳チームの練習などでプールを貸切にする日程は、週末から平日へ変更するべきかもしれない。あるいは、ダーラム市は余計な口出しを差し控えて、利用者たちが利用方法を調整するのにまかせるのがいいのかもしれない。それでもやはり、ダーラム市がプールをもっと建設するべきだと主張したいなら、これらの代案（いずれもはるかに手軽な解決策だ）よりも自分の提案が優っていることを示さなければならない。

代案を検討するのは形式的な作業ではない。うんざりするほど明白で容易に反論できるような代案をいくつか考えただけで、やはりもとの提案が優っているとさっさと納得してしまうようではいけない。本気で代案を探し、創造力を発揮しよう。まったく新しいアイデアを思いつくこともあるかもしれない。たとえば、前述のプールなら年中無休二四時間利用可にしてしまってはどうだろうか？　または、遅い時間にスムージー・バーを開いて夜間の利用者を増やしてはどうだろうか？

もし本当にすばらしいことを考えついたのなら、結論を変える必要はない。たとえば、交換留学プログラムを改革するためのずば抜けて良い方法はあるだろうか？　学生だけでなく多種多様な人々にまで対象を拡大するべきかもしれない。熟年向けの交換制度はどうだろう？　家族や同一地域の集団や労働者集団はどうだろう？　そうなれば、もはや「学生を海外へ送りだす」ということではなくなり、最初に取りだした大判の用紙に戻って基本となる論証を書き換えることになる。そうして試行錯誤するのが、考えるということだ。

一般的な命題や哲学的な命題についても代案の検討はある。たとえば、宇宙のどこかに知的生命体が存在するなら地球へ向けて連絡を取ろうとするはずだが、現実にはそうしたことは起きていないので、地球以外には知的生命体は存在しない、と論じられることがある。だが、この前提は真実だろうか？　別の可能性はないだろうか？　もしかしたら、地球以外にも知的生命体はいるのだが、地球へ連絡をする気がないのではないか。あるいは、沈黙を選択している、あるいは地球に関心がない、あるいは「文明」が違う方向に発展していてテクノロジーを有さないとも考えられる。または、交信を試みてはいるのだが、地球人が理解できない方法で実行しているのでは？　推論にもとづく部分が非常に大きいものの、それでも可能性のある選択肢が存在することは、地球以外に生命は存在しないという反論を弱める。ちなみに、多くの科学者が、地球とはまるで異なる惑星でも生命は生まれうると考えている――ただし、それは人類とはまったく異なる生命体だろう。これもまた可能性のある代案であり、判断はむずかしいが、基本的論証を裏づけたり発展させたりするのに使えるだろう。生命という概念は、基本的論証で示唆したよりも幅広く解釈できると考えてみてはどうだろうか。

第8章　論証文を書く

　論点を探り、基本的な論証のアウトラインも考え、前提も決めたとしよう。いよいよ書く準備が整った。

　きちんとした論文（エッセイ）として書くのは最終段階だということを忘れずに！　もしあなたが本書を何気なく手にして、偶然このページを開いたのなら、ぜひ最初から読んでほしい。物事には順序というものがあるのだ。こんなジョークがある。アイルランドの田舎で、旅人が農夫にダブリンへはどう行けばいいのかと訊いたところ、相手はこう答えたそうだ。ダブリンに行きたいのなら、ここは出発点じゃないよ、と。

　本書の第1章から第6章までのルールは、短い論証ばかりでなく、論文を書くときにも活用できることを忘れないように。とくに第1章で説明したルールを復習しよう。具体的かつ簡潔に、感情的な言葉は避ける、といったことだ。ここから先は、説得力のある文章を書くためにとくに必要になるいくつかのルールについて説明する。

ルール34　回り道はしない

さっさと本題に入ろう。むだな前置きや美辞麗句はいらない。

【悪い例】

何世紀にもわたって、哲学者たちは幸福を実現する方法について議論してきたが……

【良い例】

これは言わずもがなだ。あなたの論点を書こう。

この論文では、人生で一番大切なのは自由だということを明らかにしたい。

ルール35　主張や提案は明確に

提案をするならはっきり書こう。「なんらかの対策を取るべき」というのは真の提案ではない。また、あれこれ詳細に述べる必要はない。「運転中の携帯電話使用を禁じよう」というのは明確な提案であり、同時にきわめてシンプルだ。だが、アメリカは交換留学プログラムを拡充すべきだと論じたいのならば、内容がより複雑になるので、多少の詳細が必要になるだろう。

同じように、もし哲学的な主張をしたり、なんらかの命題についての自分の解釈を擁護したりしたいのであれば、**自分の主張や解釈をシンプルに書く**ことからはじめよう。

地球以外の惑星に生命が存在する確率はかなり高い。

この文章は率直で明快だ！

学術的な論文では、なんらかの主張や提案に賛成あるいは反対するための論証を、たんに評価することを目的とするものもある。その場合は、独自の主張や提案をする必要はないかもしれないし、ひいては、明確な判断に到達するまでもないかもしれない。たとえば、議論の的になっている、たった一行の論証について吟味することもあるかもしれない。そういう場合には、自分の意図を早い段階で明確にすること。なんらかの考えや提案に賛成あるいは反対している論証が結論に達していないというのが、あなたの結論である場合もあるだろう。それはそれでいいが、その結論をすぐにはっきり示そう。自分の論文が結論に達していないと思われるのは望ましくない！

ルール36　アウトラインが重要

では、文章本体に話を進めよう。第一に、全体を要約する。すでにアウトラインを考えた基本となる論証を、今度は一つの簡潔なパラグラフにまとめるのだ。

現在では、宇宙に数多くの太陽系があることがわかってきている。それらの多くには地球と同じような惑星が含まれていると、私はこの論文で論じる。それらの惑星の多くに生命が存在する可能性がある。そこで、地球以外の惑星にも生命が存在する可能性は高いといえよう。

ここでの目的は読者におおまかな全体像を与えることだ。あなたがどこへ向かっているのか、そしてどのようにしてそこへたどり着くのか、明確な全体像だ。次に、基本的な論証の前提の一つひとつを広げて、前提の再提示ではじまるパラグラフとし、各前提の裏づけを加えていく。

まずは、宇宙には私たちの太陽系以外にも数多くの太陽系があるという驚くべき事実を考えよう。二〇一七年二月一七日現在、パリ天文台の天文学ウェブサイト「太陽系外惑星エンサイクロペディア」は、惑星系を構成するものを含む三五七七個の太陽系外惑星をリストにあげており（http://exoplanet.eu/）……

次に、いくつかの例について検討する――最近の興味深い発見など。もっと長い文章なら、パリ天文台以外が公表しているリストも良いだろうし、それらの惑星を発見するための手法について書くのもいいだろう――全体の分量や、どのくらい詳細な情報を読み手が求め、期待しているかによる。そして、基本的な前提について、同じように説明したり裏づけたりする。

かなり複雑な裏づけを必要とする前提もあるだろう。それらもまったく同じように扱う。まず、前提を述べてから、それが中心となる論証で果たす役割を読み手に知らせる。次に、その前提のための論証をまとめる（つまり、それをさらなる論証の結論として使う）。そして、各前提に対してパラグラフを一つほど使って論証を書く。たとえば、ルール31では、地球外惑星の生命の存在についての基本的論証の二番目の前提を裏づけた。それを一つのパラグラフにうまくまとめてみよう。

なぜ、他の太陽系に地球のような惑星が含まれていると考えられるのか？　天文学者は類推による興味深い論証を提示する。彼らは、私たちの太陽系が巨大ガス惑星から、岩だらけで水があり生命の生存に適した惑星にいたるまで多種多様な惑星からなっていると指摘する。さらに、知られているかぎり、他の太陽系も私たちの太陽系に似ていると続ける。したがって、別の太陽系にも多種多様な惑星があって、そのなかには岩だらけで水があり生命の生存に適している惑星が含まれている可能性は高いと、彼らは結論づけている。

さて、今度はこれらのポイントを説明し、裏づける必要があるかもしれない。場合によっては、一つか二つのパラグラフを使うかもしれない。たとえば、私たちの太陽系の惑星が持つ多様性について、読み手の理解を促すこともできるだろうし、すでに知られているさまざまな太陽系外惑星について伝えることもできるだろう。これがどれほど長く、どれほど複雑になるかによって、基本的論証に戻るときに読み手を方向転換させる必要が生じるかもしれない。ロードマップを広げて読み手に思い出してもらう——あなた自身も再確認するのだ。結論へと向かう道のりで、今はどの辺まで来ているのかを。

宇宙にはほかにも太陽系が存在することはすでに知られており、そこには地球のような惑星が存在する可能性が高いようだ。最後の重要な前提はこうだ。もし地球と同じような惑星があるのなら、そのなかには生命が存在する惑星がある可能性が高い。

アウトラインを書くなかで、この前提のための論証もつくっているだろう、そして、ようやくあなたはスムーズにバッターボックスに立てるのだ。これらすべての論証において、首尾一貫した用語を使うことに留意しよう（ルール6を参照のこと）。用語が一貫して前提の一つひとつがうまくつながってこそ、文章全体のまとまりが良くなる。

ルール37　反対意見を詳しく述べ、それらに答える

ルール32で、反対意見をいろいろ想定して、論証を再検討することの重要性を述べた。想定される反対意見を細部まで考え、対処法を決めることは、論文の説得力

を高め、あなたがその問題について慎重に考えたことを証明する。

【悪い例】

交換留学プログラムの拡充は学生たちにあまりにも多くのリスクをもたらすという反対意見があるかもしれない。だが、私が考えるに……

さて、どんなリスクだろう？ なぜ、そんなリスクが生じるのか？ 反対意見を裏づける根拠を示してほしい。自分の論証をきちんと裏づけるためには、反対意見の結論だけを書き添えるのではなく、もっと時間をかけて全体を検討しよう。

【良い例】

交換留学プログラムの拡充は学生たちにあまりにも多くのリスクをもたらすという反対意見があるかもしれない。心配されるのは、海外へ出る学生たちは大半が若くて経験不足であるため、生活が厳しく安全や保護があまり期待できない環境では、利用されたり害されたりしやすくなるという点だろう。

昨今では外国人に対する恐れや不信、そしてテロへの恐怖が高まっていることから、人々はますます神経質になっているようだ。そのため、学生たちの生命が危険にさらされるかもしれないと心配する。学生たちが現地の情勢の犠牲として人質にでもなったら大変だと考える。すでに西欧からの観光客が犠牲になった事件がいくつも起きている。交換留学生も同じような悲劇に見舞われないともかぎらないと考えるのは当然である。

この件に関しては重要な問題がいくつもある。それでも、真摯な対策は実行可能であり……

このように書けばどのような反対意見があるのかを明確にでき、それらに対する効果的な対応策を述べられる。たとえば、国境を越えたとたんに危険が生じるわけではないと論じることができる。アメリカの都市よりもずっと安全な国はたくさんあるのだ。もっと複雑な答えとしては、こんなことが考えられる。国際間の理解の欠如と、それによって生じる他国への憎悪は世界を危険に満ちた場所にしてしまうので、外国へ文化を伝える大使を送らないことは社会全体を危険にさらすことにつながってしまう。

そして、そうしたリスクを低減するような交換留学プログラムを設計する創造的な方法は、たしかに存在するのだろうか？　そうした可能性について考えたこともないかもしれないが、反対意見の背後にある論証を詳細に述べなければ、どんなにあなたが自説を提示しても読み手はそれを受け入れないだろう。反対意見を詳細に検討することは、結局はあなたの論証を豊かにする。

ルール38　フィードバックを求め、それを利用しよう

おそらく、あなたは自分の主張をよくわかっているだろう。すべてが明確だと自信を持っているのだろう。けれど、他のすべての人々にはちんぷんかんぷんかもしれない！　自分ではきちんと論旨が通っていると思えても、読み手にとっては、まるで脈絡がないと感じられることもあるのだ。鋭い指摘に満ちた明快な論文だと自画自賛しつつ提出したのに、それが採点されて戻ってきたときには、自分はいったいなにを書いたのかと頭を抱える学生を、これまでたくさん見てきた。点数も推し

て知るべしだろう。

書き手は、どんな程度の書き手であれ、**フィードバック**を必要とする。他人の目というフィルターを通してこそ、不明瞭さや早とちりや信じられないような間違いがはっきり見えてくる。フィードバックはあなたの論理も向上させる。反対意見は思ってもいなかった指摘をくれる。確実だと思っていた前提なのにじつは裏づけが必要だとわかったり、確実な前提が思わぬところに見つかったりすることもある。新しい事実や例を発見する場合もあるかもしれない。フィードバックは逆方向から「真実に目を向ける」ことだ。フィードバックを歓迎しよう。

フィードバックを授業に取り入れて学生どうしにやらせている教師もいる。あなたの教師がそうでないなら、自分たちでやってみよう。その気のある同級生を見つけて、互いの下書きを交換するのだ。大学のライティングセンターへ行ってみよう（たいていの大学には文章を書く技術の習得を助けるライティングセンターがある）。読み手には批判的な目で読んでもらい、あなたも相手の文章を批判的な目で読むのだ。もし必要ならば、批判や指摘の分量について目標を設定すれば、読み手はあなたの感情を傷つけることを気にしないですむ。読み手があなたの下書きをじっくり読みもせずに、すばらしいと褒めて終わりにしてしまえば、それは礼儀にかなう態度かもしれないが、じつのところあなたの求めに応じていないことになる。教師や最終読者はそんなフリーパスを与えてくれない。

フィードバックは重要な作業として認められない場合が多く、過小評価される傾向にある。論文や本や雑誌などの完成した文章を読むとき、書くことは本質的にはプロセスであるという事実は見過ごされやすい。本当のところは、どんな文章であれ、ゼロの状態から書きはじめて数百もの選択を経て、なんども書き直すことによってまとめあげられるのだ。あなたがいま手にしている本書も、数多くの人々からさまざまなフィードバックを得て、原稿を二〇回以上も書き直すプロセスを経て現在の第五版になったのだ。鍵となるのは、発展、批判、明確化、そして修正だ。フィードバックはこれらの推進力となる。

ルール39　どうぞ謙虚に！

最後には必要十分なまとめを置く。提示してきた以上の主張をしてはいけない。

【悪い例】

要するに、すべての根拠が、より多くの学生を海外へ送りだすことを支持しており、反対意見はまったく筋が通っていない。交換留学プログラムの拡充を早く進めるべきではないか？

【良い例】

要するに、より多くの学生を海外へ送りだすことには魅力的な利点がある。不透明な部分は残るだろうが、全体からして、これは前途有望な試みである。やってみる価値はある。

良い例のほうは言い過ぎかもしれないが、主張は理解できる。反論をすべて納得させるのはむずかしいし、ともかくも世界は不透明な場所だ。私たちの多くは専門家ではないし、たとえ専門家でも間違えることがある。「やってみる価値がある」というのは最良の姿勢なのだ。

第9章　口頭での論証

ときには、あなたも声を大にして論じることがあるだろう。クラスのみんなの前で討論《ディベート》したり、生徒会予算の分配の増加を求めたり、市議会で近隣住民を代弁したり、関心事や専門分野の事柄について人前で話すように求められたり。聴衆はあなたの主張に賛成することもあれば、賛成でも反対でもないが進んで耳を傾けてくれることもあり、納得してもらうのに骨が折れることもあるだろう。いずれにしろ、良い論証を効果的に提示したいものだ。

本書で説明してきた各ルールはいずれも、論証文を書くときだけでなく、口頭での論証にも適用できる。さらに、この章では口頭での論証のためのルールをいくつか説明しよう。

ルール40　聞いてくれるように求める

口頭での論証では、なによりも相手に聞いてもらうことが必要だ。話し手を尊重して、少なくともある程度は偏見のない広い心で耳を傾けてくれる、それが理想的だろう。だが、実際には必ずしもそんな聞き手ばかりではないし、あなたの話題に対してひとかけらも興味がない場合さえある。彼らの心に届くように話して、相手の関心を集めなければならない。

今回ここで話をする機会を得たことに感謝しています。今日は交換留学プログラムの拡充について新しいアイデアを提案したいと思っています。すばらしい変化をもたらすアイデアだと自認していますし、話を聴いてくれたなら、みなさんもきっと賛同なさるでしょう。

こうした語り口は、聞き手に対して、望ましい姿勢をとってくれるように誘いかけるものでもある。その期待が叶わない場合もあるが、そもそもあなたが望ましい姿勢を示さなければ、聞き手が応えてくれることはない。顔を突きあわせての議論は大きな影響力を発揮することができ、巧みに根気強く話せば、たとえ相手とのあいだに深い溝があっても、尊重する姿勢を築ける。

上から目線で話している印象を与えてはいけない。論題に関して相手はよく知らないかもしれないが、学ぶことは疑いなくできるのだし、あなた自身にも学ぶ余地がある。あなたは彼らの無知を救うためにその場に立っているのではなく、新しい情報やアイデアを共有して互いに刺激しあい、参考にしあうのが目的のはずだ。聞き手に対しては、優越感ではなく**熱意を持って語りかけよう**。

聞き手を尊重したうえで、自分自身もまた尊重しよう。あなたはいうべきことがあってその場にいるのであり、聞き手はその問題に関心がある、あるいは仕事や勉学上の必要から話を聞きに来ているのだ。時間をとって申し訳ないなどと謝る必要はない。時間をとって話を聞いてくれることに感謝しよう。

ルール41　心を込めて語ろう

人前で語るのは聞き手と直接顔を合わせる機会だ。論文などを個人的に読むこととは大きく違う。結局のところ、あなたの考えを知りたいだけなら読むほうがはるかに効率的だろう。聞き手がその場へ足を運ぶのは、そこにあなたがいるからでもある。

だから、心を込めて語ろう！　まずは、聞き手をよく見よう。気持ちを通じさせるために時間をあてよう。彼らと視線を合わせよう。人前で話すのが苦手な人は、一対一で話すときのように聞き手のなかの一人に向けて語りかけよう、と助言されることがある。必要ならそれもいいし、さらにもう一歩進もう。聞き手全員に対して、一対一で話しているかのように話しかけるのだ。

表情豊かに話そう。面倒だといわんばかりに原稿を棒読みしてはいけない。聞き手に語りかけるつもりで話すのだ！　友人と会話している場面を想像しよう（たしかに、少しばかり一方通行かもしれないが……）。それと同じ心づもりで聞き手に向かうのだ。

書き手が読み手に会うことはほぼない。だが、人前で話すとき、聞き手は目の前にいて、話し手は彼らからつねにフィードバックを得られる。それを活用しよう。聞き手の目つきから興味が感じとれるか？　全体の雰囲気はどうか？　身を乗り出すようにして聞き入っているか、そうでないか？　そうでなければ、どうすれば、彼らの関心を掻きたてられるか？　話している途中でも、口調を変化させたり、必要ならいったん区切って説明を加えたり、重要ポイントをもう一度反復したりできる。事前に聞き手について十分な情報がなければ、どんな反応があっても対応できるように準備しておこう。念のために、余分な話題やイラストを用意しておくのだ。

ちなみに、話し手は演壇の後ろに張りついている必要はない。前や横に出てみるのもいいし、なんなら歩き回りながら話してもいい。その場の雰囲気や自分の居心地の良さしだいで、聞き手との一体感が生じてくる。

ルール42　サインポストを活用する

読み手は文章を選択して読むことができる。読むのを途中でやめて考えたり、前へ戻ったり、必要ない部分は飛ばしてしまうことも可能だ。だが、聞き手はこうしたことはどれも不可能だ。ペースを設定するのは話し手だ。

そこで、気遣いを忘れずに。全体的に見ると、口頭での論証は文章での論証よりも、サインポスト（道しるべになる定型表現）やくりかえしを多用する必要がある。最初の部分では、論証の内容をよりわかりやすくまとめなければならないし、話している途中で何度もそのサマリー部分に、つまりはルール36で「ロードマップ」と呼んだ部分について言及しなければならないだろう。サマリーに戻るときは、「これが私の基本的な考えです」といったサインポストを使う。前提について話すときは、「では、一番目の（三番目の、最後の）基本的前提は……」と前置きする。最後には、もう一度全体をまとめる。重要な転換点では、ちょっと一息おいて聞き手に考える時間を与えよう。

大学時代のディベートの練習では、鍵となる主張を文字通り一語一語区切って、くりかえすようにと教えられた——なぜかといえば、そうすれば聞き手はそれを書き留めるからだ。私は教える立場になった今でもそれを実践することがある。そうすることで聞き手が熱心に聞いていることと、彼らが重要ポイントを示してほしがっていることを、あなたが理解していると示すのだ。そうでなければ、これは奇妙に感じられるかもしれない。たとえ重要ポイントを一語一語くりかえさずとも、せめてなんらかの方法で強調して、自分の意図をはっきり示そう。

重要な転換点では、とくにはっきり伝えよう。聞き手を見回して、彼らの大半がちゃんと話についてきているのを確かめるのだ。彼らがきちんと耳を傾けて話を理解してくれているかどうかをあなたが真剣に気にかけていることを、しっかり聞き手に伝えるのだ。

ルール43 ヴィジュアル資料を論証に合わせて整える

視覚に訴えることはプレゼンテーションの役に立つ。複雑な論証を語るとき、目で見てわかるように整理してあれば相手は理解しやすい。そこで、アウトラインを書いた資料を配ろう。プレゼンテーションの内容がパートごとに分かれているのなら、スライドを使って各パートを印象づけるのもサインポストとして効果的だ。あるいは、データや情報をスライドにして論証を裏づけることもできる。また、短いビデオで重要ポイントを説明したり、他の意見を簡単に紹介するのもいい。

ただし、ヴィジュアル資料は適度にうまく使おう。スライド操作にあまり時間を取られてはいけない。自分のほうがうまくできるのにと、聞き手はいらいらする。ヴィジュアル資料に含まれる効果音もまた、それ自体が聞き手の気をそらす要因である。よく使われてきたパワーポイントは、いまやまったく退屈だ(現実を直視しよう)。アイデアをスライド形式に押しこむと単純化しすぎるきらいがあるとの批判の声もある。たしかにスライドの文章は短縮されがちだ。図表やグラフは細部をあまり語らない。そして、機材の不意の故障は聞き手の注意をそらすし、最悪の場合、大きな悲劇をもたらす。

「整える」というのは、必要に応じてカットして整理することだ。このルールでは、この言葉を意図的に使っている。まずは論証こそが鍵となることを思い出そう。論証に合わせて、ヴィジュアル資料の使用を整えよう。また、さまざまな方法を駆使して、論証の展開がうまくいくようになるか、聞き手の注目度が上がるかどうかを検討しよう。挙手を求めたり、しっかりした聞き手に参加を求めるのもいいだろう。本や記事の一部分を読みあげる。必要ならば短いビデオやグラフや図表を示すのもいいが、すぐにスクリーンをオフにして話を続けよう。

情報を明確に示すには紙の配布資料を検討しよう。複雑な言葉や写真、グラフ、データ表、引用、リンクなど、多くの情報を伝えられるし、聞き手は好きなときに目を通せる。資料の配布はプレゼンテーションの前でも、話している最中の適切な場面でもいいし、話し終わってから参考までにこれを読んでくださいと言って渡してもいい。

ルール44 終了は時間厳守で

時間厳守はすべての基本だ。予定時間をしっかり把握して、話が長くなってはいけない。聞き手としての経験から、長話ほどいらいらさせられるものがないのはご承知のはずだ。

ただし、尻切れトンボはいけない。電気を消して、はい終わりというわけにはいかない。

【悪い例】

さて、時間です。ここで話は終わりにして、質疑応答としましょうか?

関心が高まり、心が明るくなるような終わり方を心がけよう。話の終わりは、活発な調子で元気よく。

【良い例】

今日は、だれにでも真の幸福は手に入れられるという話をしました。特別な幸運や大金など必要ありません。必要なものはすべて、私たちの手が届く身近な場所にそろっているのです。私の話を聞いてくださってありがとう。みなさんのために最大の幸福を心から祈ります!

第10章　公開討論《パブリック・ディベート》

パブリック・ディベートとは、なんらかの論点について、大きく異なる意見を持つ発言者どうしが直接的に議論を交わすことだ。あるいは、教室や集会場などで、もっと多くの人数が参加する場合もあるかもしれない。テレビや公開討論会でよく見る政治討論もそうといえる。また、文章での論証の延長にある論説やスピーチを通じて、時間をかけてやりとりする場合もある——論証文の組み立てについては、第8章で練習した。

現在では、人々はそうしたディベートを以前ほど得意としていないというのが大方の意見だろう。公共の議論、とりわけ政治的な議論はしだいに辛らつな、合理性に欠けた、建設的どころか破壊的なものとなってきている、というのだ。本当にそうだろうか。もしかしたら、過去を美化しているのかもしれない。とはいえ、現状を大きく向上させることは可能だ。そのために役立つルールを紹介する。

ルール45　誇りをもって論証する

パブリック・ディベートでは、他の種類の論証と同じく、ベストを尽くせ。とくに今日ではパブリック・ディベートは簡単ではない。さまざまな危険があり、確固たる根拠を共有するのは困難で、感情を煽りたてる要素もいろいろある。その一方で、今こそ議論が待ち望まれていると考えることも可能だ。それゆえに、本書で示した論証のためのルールがあり、こうしてそれを使うためのスキルを磨いてきたのだ。だから、それを活用しよう！　最良の証拠を探し、行き過ぎた一般化を避け、統計をうまく利用し、妥当な類推を利用するのだ。情報源を厳選しよう。反対意見をくわしく検討して対応し……とにかくルールのすべてを実行するのだ。

「まくしたてて意見を押しつけろ」と言っているのではない。パブリック・ディベートは世論調査の一種ではないし、本書がはじめから述べているように、論証とはたんなる喧嘩ではない。理想的には、**ディベートは一緒に考えるプロセス**である。

貢献できるディベートに参加しよう。論じるべき問題について論じるのだ。本物の証拠とアイデアを持って、それらをきちんとうまく提示するためにスキルを利用しよう。

そして、熱意を持ってあたることを忘れずに。熱意は多くの議論を生み、明確にし、基礎をつくる——困難な時代にはとくにそういえる。ただ一つ重要な点は、情熱は議論そのものではないということだ。なんらかの主張に強い熱意を持つこと、それ自体はその主張を信じる根拠にはならない。いくら頑強に言い張ったところで事態は改善しない。それどころか、あんなに大騒ぎしているのは根拠がないからではないかと疑われることさえある。良い論証は熱意と釣り合いがとれている！

ルール46　聴く、学ぶ、影響力をおよぼす

ディベートはやりとりだ。異なる意見を持つ相手と、互いに力を尽くして論証をする。ディベートはたんに双方が自分の意見を述べるだけの場ではない。互いに相手の主張に耳を傾けなければならない。

【悪い例】

肉をまったく食べないというのはなによりもばかげている。肉ははるか昔から大切な食料だ。それに、私たちの歯は豆を噛むためだけにあるのではない。

こんな具合にはじまるディベートもきっとあるのだろうが、このやり方はまったくの間違いだ。肉を食べないこと以上にばかげていることを本当に考えつかないような人は、そもそも論点を理解できない（肉を食べないこと以上にばかげていることを、本当になにひとつ考えつかないのだろうか？）。一行の理由を二つ並べただけで、論証を考えもせずに全否定するというのは、賢いやり方でもない。

偏見のないアプローチを心がけよう。そうしてから、自分の「見解」へ戻るのだ。他の発言者の結論だけでなく、前提や根拠も理解しなければならない――彼らの論証に耳を傾けるために。相手が自身の見解について語るのを、ただじっと待っているだけではだめなのだ。自分から彼らの根拠を探し、その根拠を彼らがなぜ説得力があると考えているかまでも理解しなければならない。

【良い例】

肉を食べるのをやめようという意見を理解しようと、以前からつとめてきました。人間がはるか昔からずっと食べつづけてきた食料を、いったいなぜ放棄せよというのでしょうか？　そもそも、人間の内臓器官は肉の消化にも適しているのではありませんか？

悪い例の発言は否定を宣言してそれで終わりだ。それ以上は話の続けようがなく、つかみ合いの喧嘩にでも発展しそうだ。それに対して良い例の発言は、一連の質問になっている。あなたはまだ説得されていないが、相手の主張を理解したいというシグナルを明確に送っていて、考え直す余地を残している。相手の論証を少し助けてやるのもいいかもしれない。そうすれば、少なくともなにかしら学ぶところはあるだろうし、いずれにしろ自分が論証する順番が来る前にしっかり準備することができる。

そう、次は自分の番なのだ。このちょっとしたやりとりはまだ序の口だ。

議論する相手が完全に満足するほど積極的に話を聞き、注意深く問いかけたと仮定しよう。あなたは相手の論証を懸命に理解しようとつとめた。今度はあなたが同等の注意深く積極的な傾聴を期待する番だ。あなたの行動には影響力があるのだ。

そちらのご意見を一緒に検討する時間をくれてありがとう。疑問点がたくさん見つかり、いくつかの興味深い答えについて話しあいましたね。この論題についてはもっと考える必要があります。今度は、私の論証を説明したいと思います。途中で質問があれば、遠慮なく訊いてください。準備はいいですか？

そういわれて驚く討論者もいるだろうし、なかには混乱してしまう人もいるだろう。それまではすべてが彼らと彼らの意見についてだった。公開の討論の場で（あるいは、どんな場所であれ）そんなに熱心に話を聴いてもらうなんてめったにないことで、大変に気分がいい。あなたが一緒になって注意深く論証を進めたのだから、きっと賛成してくれているはずだと、彼らは期待すらしているかもしれない（もちろん、ありえない話ではないが、必ずしもそうなるとはいえない）。

そして、やりとりはまだ半分が終わっただけなのだと、彼らはふと気づく。今度は、さっきまであなたが手本を示していたように、偏見のない心で彼らがあなたの発言に耳を傾ける番だ。これは多くの討論者にとってはじめての体験かもしれない。だが、なにしろつい先ほどまであなたが熱心に真剣に耳を傾けてくれたのだから、彼らもそうしないわけにはいかないのでは？　さあ、語りはじめよう。

ルール47　前向きなことを提示する

パブリック・ディベートはだれもが良策を見つけられないせいで行き詰まってしまうことがある。これは否定的な部分にばかり目が行ってしまうからでもある。相手側のどこが間違っているかに注目してしまうのだ。これに対して、良い論証は肯定的な点、つまり魅力的かつ前向きな点を提示する。

ディベートではより良い方向を示そう。相手の考えを貶《おとし》めることに専念したりせず、自説の良い点を誉めよう。反対したり拒絶したり嘆いたりするのではなく、対応策を提案しよう。実行可能なことや、希望が持てることや、多少なりと可能性があることを提案しよう——少なくともなんらかの前向きなことを。

【悪い例】

当市の水資源保護はまったくなっていない！　貯水量が一か月分にまで低下しても、対応策は二五パーセントの節水だけ。そして、人々はいまだに洗車や庭のスプリンクラーの出しっぱなしをやめない……

たしかに、そうなのだろう……だが、問題の深刻さに注目すれば、なすすべがないのだと人々に感じさせてしまいかねない。もっと前向きに、対応策を示すようなやり方でこの問題に取り組めないだろうか？

【良い例】

当市は水資源を保護しなければならないし、実際にそれは可能だ。すでに二五パーセントの節水に成功したものの、貯水量が一か月分に低下していることから、一人ひとりの市民が洗車やスプリンクラーの出しっぱなしをやめる必要があると真剣に考えるべきであり……

二つの例は同じ事実を扱い、文章や語句も似ているが、全体的な印象はまったく異なっている。

要は、なにも考えない楽観主義はいただけない。悲観的なことを無視するべきではない。だが、それだけで全体を埋めてしまえば、悲観的要素が唯一の真実になってしまう。すると、ますます悲観的なことを考え、それだけで頭がいっぱいになり、いくら改善したいと思っても、エネルギーも注目も正しい方向へ向かなくなってしまう。

マーティン・ルーサー・キング牧師が「私には夢がある」と語った有名な演説は、つまるところ夢を語っている。人々が共有する、手が届く未来のヴィジョンだ。「私には夢がある。かつての奴隷の子どもたちとかつての奴隷所有者の子どもたちが、兄弟として同じテーブルにつくという夢である……」。では、キング牧師が悪夢について語ったと想像してみよう。「私には悪夢がある。かつての奴隷の子どもたちとかつての奴隷所有者の子どもたちが、絶対に兄弟として同じテーブルにつかないという悪夢である……」。ある意味では、この二つはまったく同じことを言っている。だが、もしキング牧師が後者の表現を使ったら、彼の名演説は後世に残らなかったろう。

パブリック・ディベートだけでなくすべての論証は、前向きな要素を提示しようとするべきだ。くりかえしになるが、パブリック・ディベートは特別なエネルギーを持ち、しばしば説得力に満ちている。それゆえに、この章では「前向きな発言」をルールの一つとしている。集団の楽観主義や興奮に感染性があるように、悲観主義や無力感にも同じ影響力がある。さて、あなたはどちらの影響力を選ぶのだろうか?

ルール48　共通の場に立つ

パブリック・ディベートでは、極端に異なる立場から主張が交わされる場合が多い。だが実際には、それぞれの主張の支持者たちは大半が、よく考えて注意深く話すときには「中間的な」意見を持っている。銃の完全撤廃や石油掘削の全面停止を心から望む人はほとんどいない。そして、まったく規制のない銃使用や石油掘削を望む人もまた、ほとんどいないのだ。激しい対立が果てしなくつづく中絶をめぐる議論でさえ、女性の選択権を主張する中絶賛成派（プロチョイス）の多くが、実際にはなんらかの規制を定めることに賛成しているし、生命保護を主張する反対派（プロライフ）の多くは、実際には特定の状況下での中絶を受け入れるのにやぶさかではない。

　このような、意見が共通する部分を探すことは重要だ。もしあなたが、まるで車のバンパーに貼られたステッカーのように単純で執拗な姿勢を崩さないのであれば、あまりに視野が狭すぎてなにも見えなくなってしまう。極端きわまりない意見にもそれなりのニュアンスがあることや、中間的な意見にもいろいろあることなどは、すっかり片隅に追いやられてしまう。中間的な立場を提唱する人々は、意見を聞いてもらいたいと思っても、極端な方向に押しやられてしまうと感じるかもしれない。

　中間的な見解や重なりあう部分を探せば、意見の不一致は——たとえそれがリアルに存在するものであっても——対処可能であり、さらには創造的な可能性を秘めている。

気候変動の原因をめぐっては、いまだに意見の相違があるようだ。それがおもに自然のプロセスによるものかあるいは人間活動の結果なのか、いずれにせよ、ビルのスマート化や緊急対策計画によって対応する必要がある。海水面は上昇している。原因はさておき、こうしたあらたな危機に協力して対応するべきではないのか?

たとえ意見の不一致がきわめて深刻な場合でも、相手の意見を変えようとするよりも、なんらかの妥協点を探ろうとするべきだ。動物の権利についてはよく議論されるが、どんな意見の持ち主だろうと、食べる肉を少なくすれば健康に良いという考えには賛成だろう。女性の選択権を主張する声と生命保護を主張する声とのあいだには、実際には意見が一致する部分があり、たとえばそもそも中絶が必要になる状況を改善しなければならないという点では異論がない[10]。これらの例では、不一致な点については重要であり話しあう価値があるが、不一致ばかりに終結していては話が進まない。手を携えて前進する賢い方法もあるのだ。

さらに、人々が実際にどう考えているかは複雑であり、実のところ興味深い――たとえ賛成できない考えだとしても。銃所持に賛成の人々が、もし銃が規制されたら身を守る手段を失った市民は暴力にどう対処できるのかと心配するのはもっともだが、反対する人々が、銃があふれた世の中で安全な場所など存在するのかと訴えるのもまたもっともである。その一方で、実例は往々にして物事を複雑にする。暴力の不安がなく、厳しい銃規制を採用している国々は数多い。たとえば、カナダだ。アメリカはといえば、人口一人当たりの銃の所持数は、紛争中の国々まで含めても世界で抜きんでて多く、銃による死亡率はそこまで高くはないものの、銃による死亡者数は悲惨なほど多い。こうした事実に真剣に向きあうことが、銃規制に関する討論に新しい局面をもたらすかもしれない。

とはいえ、執拗にくりかえして激しく反対しないとなんの変化も得られそうにない場合もあるだろう。それなら、全力で頑張ろう。だが、どんなディベートもそういうものだと肝に銘じるのもいいが、良い論証というものは相手の強情さや無知を打ち壊す破城槌のようなものだと思うのもいい。相手がどんなアプローチをとろうと、まずはより協力的な態度で臨み、同じ側に立って一緒に対応策に取り組もうとする姿勢を示そう。相手がそうと理解するまで続けよう。そして、成り行きを見定めよう。

このアプローチは、聴衆とのディベートなど、より開かれた場でのディベートにも利用できるだろう。二人の人間が意見を戦わすのではなく、二つの陣営に分かれて論戦を張るのでもなく、一つの問題をめぐって議論を追求するための公開討論《フォーラム》ということだ。

ルール49　礼儀正しさを忘れずに

相手をばかにしたり攻撃したりしてはならない。これらは**人身攻撃**という名前がついた誤謬であり、してはならないことだ。討論の相手を好きになる必要はないし、相手の意見に賛成する必要もない。相手の話をまじめに聞く気になれないこともあるかもしれない――そうなれば、向こうも好意的ではいられないかもしれないが。それでも、一定の礼儀《シヴィリティ》を守ることはできる。向こうもそうできるはずだ。ある意味では、そうした機会にこそシヴィリティが重要になる。

相手の論証に集中しよう。相手の見解を公正に評価しよう。感情的な意味合いの強い言葉を避け、ルール5で述べたように論証の中身に気を配ろう。たとえ相手の結論や前提を最終的に完全に拒絶するにしても、相手が検討に値する前提を示していると、こちらが理解していることを明確にしよう。

【悪い例】

彼の論証は、プラトンが特権階級の独裁に虫のいい正当化を与えた時代までさかのぼる、狭量な考えが普通だった時代のにおいがする。そのような信頼できないプロパガンダを公共の議論の場に持ちこむなど恥ずべき行為であり……

【良い例】

彼の論証は、アテネの哲学者プラトンの民主主義への不信にまでさかのぼる、保守的な政治思考の長い伝統に根ざしている。プラトンはたしかな根拠を持っていた。だが、プラトンが正しかったからといって、その根拠が現在でも当てはまるかどうかはまったく別の問題であり……

これをミニマリスト的な倫理として考えよう。良くも悪くも、討論の相手はあなたと同じ社会に属し、つまるところ一緒に生きなければならない人間なのであって、とんでもない悪党でも頭のおかしな変人でもない。相手は生身の人間であって、感じの悪い張りぼてではないのだ。私たちはだれもみな、複雑でつねに変化している世界を理解しようとしているが、森羅万象すべてを理解できる人間はいない。そんななかで、論証をはじめさまざまな手段によって事態を少しでも良くしようとつとめているのだ。たとえ相手がどんなにわめこうと、どんなに頑なだろうと、どれほど後ろ向きな態度だろうと同じことだ。少なくともその点に免じて、礼節を守った態度を心がけよう。

そして、もちろん、私たちのほうも相手側から礼節を守った対応をされたいし、たとえわめき散らす頑固な人と思われようと、少なくとも礼儀正しく扱われたいのだ。純粋に現実的な見地からして、ルール46で述べたようにシヴィリティには影響力がある。こちらが礼儀を心得ていれば、相手にも同じことを求められる。そういう姿勢を示さないよりも示すほうが、相手も礼節をわきまえた態度で接してくる確率はたしかに高くなる。

意図的に発言を曲解されたり、けなされたと感じたりして、頭に血が上ってしまいそうになるときもあるだろう。そんなとき、いざ自分が発言するとなると、寛大なふるまいをしようと思えないかもしれない。だが、それはお互いさまなのだ。礼節には、人間の良心に訴えかける力がある。

それに、もしかしたら——たんに可能性の問題だが——相手の意見は完全に間違いではないのかもしれない。不透明で複雑な世の中では、「すべてをまとめる」方法は一つだけではないし、実際に多くの人々が私たちとは異なる方法ですべてをまとめている。彼らに学ぶところがあるかもしれないし、少なくともそういう姿勢を示して相手を尊重しよう。この場合のシヴィリティは、誠実な謙虚さである。

あなたは今、相手が礼節を守っているとは感じられないのではなかろうか？　私もそう感じることがある。相手からの礼節を期待することはできるが、結果は必ずしも保証されない。だが、一歩先に進むのが、礼節を守る討論者の務めなのだ。まずは自分から礼を尽くそう。模範を示すのだ。寛大さを示せば、それがいつのまにか相手にも感染して、姿勢が変化するかもしれない。いずれにしろ、一歩先へ行くことによって、あなたはシヴィリティを向上させ、広い世の中でめぐりめぐってそれが自分の利益になることもあるだろう。

ルール50　相手に考慮をうながして話を終えよう

たとえ世界一の論証を披露したとしても、それは討論のほんの一部でしかない。討論が私たちとともにあるのは、さまざまな視点から、不明確だったり論点が多かったり矛盾したりする多くの事実や主張を引きだし、多種多様な結論をもたらすからだ。たとえば、数百年にわたって多くの哲学者が幸福について討論してきた。そこに進歩があるのは確かだが、単純に「勝利」した論証はないし、そもそも勝利などあるべくもない。

一つひとつの論証は違いを生むかもしれないが、たとえどれほど正しくてもたった一つの論証がすべてを変える例はまれだ。一つひとつの論証が、討論の一つの側面に言及して、他の論証を変革したり向上させたり、あらたな視点やアイデアを取りあげ……そうして時間の流れにつれて変化していく。だが、討論そのものは一般に、まるで大海で方向を変える大型船のようにゆっくりと変化するのだ。

要するに、ディベートは忍耐を要する。甲板の上でどんなに騒いでも説得しても、大きな船はゆっくりとしか方向を変えられない。そして、船全体を方向転換させようとしても、その船には四方八方にさまざまな論証が積まれていて、たとえその一部を変化させられたとしても、最重要テーマに関わる考えは変わらないかもしれない。古いやり方のほうが理に適っているように思えたりするものだ。あなたや私が(正直なところ)部分的にはもっと良い案があると認めても、なお自分の考えにこだわるのは、不合理とは言い切れないが、それは相手も同じ理屈になる。変化に必要なのは時間だけでなく、より魅力的な全体像もまた重要だ。

どんなにすばらしい意見を主張しても、話し終わったとたんに、みんなが賛成に回ってくれるはずだなどと期待してはいけない。それよりも、彼らが偏見のない心で考えてくれるようにうながそう。意見を変えるかどうか考えてくれることを期待するのだ。そしてここでもまた、あなた自身が自分の意見を再考する姿勢を示すことが、成功するための最大の鍵となる。相手を言い負かそうとするステレオタイプな「論証」では、相手を頑なな態度に押しやってしまうだけだ。

討論は公共の場面での発言手段として唯一のものではないし、一般に最良のかたちでもない。おそらく、熱のこもった演説や個人的な証言や説教のほうが、適切な場合もあるだろう。また、私たち自身が感情的な意味合いの強い言葉を使ったり、疑わしい情報源に頼ったり、相手のさもしいやり方に倣ったりするなど、悪い論証をしようという気持ちに駆られることがあるだろう。たしかに、そうした誘惑は強力だ。だが、最後に二点の警告で締めくくろう。

第一に、長い目でよくよく注意してみれば、悪い論証は一般に良い論証の価値を貶める。これは社会のためにならない。残念ながら、明確さや思慮深さを求められるのは相手側ではなく、こちら側であることが往々にしてある。結局のところ、良い論証にこだわることが、勝利への唯一の道だ。

第二に、正直な話、もし相手側がさもしいやり方をくりかえすのであれば、彼らはその点において一枚も二枚もうわてのはずだ。経験を積んで、良心の呵責に苦しむことも少なくなっているだろう。あなたに勝ち目はない。だから、あなたの得意なやり方でやりなさい——誇り高く論証するのだ、この本を隠し持って——そして、それこそが正しい道でもある。

できるかぎり公明正大に、思慮深く論証を提起しよう。前向きな提案をしよう。相手の話を最後まで聞き、きちんと理解し、心を通じあわせることに全力であたろう。だが、討論はつづくのだと認識しよう。人生は短く、討論は長い。公共の場でもそれ以外でも、討論のほかにも時間や労力をかける価値のある建設的な事柄はたくさんある。いつか一歩退く必要が生じる場合もあるだろう。相手に考慮をうながして話を終えよう！

補遺Ⅰ

よくある誤謬

誤謬とは、相手の判断を誤らせる論証のことである。その魅力は抗しがたく、したがってよく見かけられ、一つひとつに名前が付いているほどだ。となれば、誤謬とはこれまで論じてきたルールとは別の、独立した問題のように思うかもしれない。だが実際には、誤謬とは**良い論証を展開するためのルールに違反すること**にほかならない。たとえば「不当原因」と呼ばれる誤謬がある。簡単にいえば、原因でないものを原因として立てることであり、第5章で説明したルールに違反することである。

つまり、誤謬とはなにかを理解するには、それがどのルールに違反しているかを理解する必要がある。ここでは代表的な誤謬の数々について説明し、しばしば使われるラテン語の名称もつけ加えておく。

代表的な誤謬の数々

人身攻撃（ad hominem）

論証そのものではなく、論証を提示する人の人格や国籍、宗教、帰属する集団などを攻撃対象にすること。第4章で、十分な情報を持たない、公平でない、おおむねの意見の一致がない場合は、権威者の資格がないと説明した。だが、権威者とされる人に対して、それら以外の理由で攻撃を加えることは正当ではない。

カール・セーガンが火星に生命が存在すると主張したのは驚くまでもない。つまるところ、彼はよく知られた無神論者だったのだから。セーガンの主張はまるで信憑性がない。

カール・セーガンが宗教と科学をめぐる議論の一翼を担ったのは事実だが、彼の宗教観が火星の生命の存在に関する判断に影響をもたらしたと考える根拠はない。

「人」ではなく論証に注目しよう。

無知に訴える論証（ad ignorantiam）

ある主張が否定可能であると論証できないのをいいことに、その主張を正当化しようとするもの。代表的な例としては、ある人物が共産主義者であるという主張を裏づける証拠を求められたときの、ジョセフ・マッカーシー上院議員の次の発言があげられる。

その件につきましては、彼と共産主義者たちとのつながりを否定する記録は一切存在しないという当局の発言を入手しております。

指摘するまでもなく、この発言にはその人物が共産主義者だという証拠は含まれていない。

同情心に訴える論証（ad misericordiam）

同情心に訴えて、特別扱いを求める。

私がすべての試験に落第したのはわかっていますが、もしこの科目で単位をとれないと、夏期コースを再履修しなければなりません。どうか単位をください！

同情心に訴える手段は必ずしも悪くはないが、具体的な事実にもとづく評価が必要とされる場合には、まったく不適切である。

衆人に訴える論証（ad populum）

人々の感情に訴え、「みんなこうしている！」といった具合に煽動することで、みずからの主張に支持をとりつけようとする。権威を利用した悪い論証の例である。「みんな」が十分な知識を持つ信頼のおける情報源なのかどうかについては、なんの根拠も提示されていない。

後件肯定

誤った推論形式。

（前提1）もしｐならばｑである。
（前提2）ｑである。
（結論）それゆえｐである。

「もしｐならばｑである」という条件文では、前半部分のｐは「前件」、後半部分のｑは「後件」と呼ばれる。ルール22の前件肯定は妥当な推論形式だ。だが後件肯定では、たとえ前提がすべて真であっても、推論が妥当でないため、その結論は真でも偽でもありうる。たとえば、

（前提1）道路が凍っていると、郵便が遅れる。
（前提2）郵便が遅れている。
（結論）それゆえ、道路は凍っている。

道路が凍っていれば、郵便は遅れるだろうが、郵便が遅れる理由はほかにもある。
この論証は別の可能性を見落としている。

論点先取（petitio pricipii）
結論が前提に含まれてしまっているために、論証のようでいて論証になっていない。

聖書に神は存在すると書かれているのだから、神は存在する。聖書は神が書かれたのだから正しい。

これを「前提↓結論」のかたちにすると、次のようになる。

（前提1）神が書いたのだから聖書は正しい。
（前提2）聖書には神が存在すると書いてある。

（結論）それゆえ、神は存在する。

聖書が正しいという主張を擁護するために、神によって書かれたと主張している。だが、神が聖書を書いたのなら、当然、神は存在する。つまり、この論証は証明しようとしている事柄自体を真実と決めてかかっている。

循環論法

論点先取と同じ。

ワープニュースに書かれていることは真実だ。なぜならこのサイトの方針は「真実だけを伝える」であるから、それもまた真実にちがいない！

現実世界の循環論法はさらに大きな円を描くものだが、いずれにしろ、すべてが都合よく終わるようになっている。

複問

一つの質問のなかに複数の論点を含ませて、相手が肯定も否定もできなくさせてしまうこと。単純な例としては、「あなたはまだ、以前のように自己中心的なのですか」という質問があげられる。このように尋ねられた場合、「はい」と答えても「いいえ」と答えても、自分はかつて自己中心的だったと認めることになる。もっと巧妙な例では、「あなたは懐具合ではなく自分の良心にしたがい、寄付をしますか」という寄付の求め方があげられる。「いいえ」と答えることは、寄付をしない本当の理由がなんであれ、ばつが悪く感じられる行為となる。「はい」と答えることは、寄付をする本当の理由がなんであれ、高潔な行為となる。寄付をしてほしいのなら、正直に頼むのが一番良い。

前件否定

次のような誤った推論形式のこと。

（前提1）もしpならば、qである。

(前提2) pでない。

(結論) それゆえ、qでない。

条件文の「もしpならば、qである」の前半部分は「前件」、後半部分は「後件」と呼ばれることはすでに書いた。妥当な推論形式である後件否定は、後件を否定する（ルール23を参照のこと）。だが前件を否定するのは、妥当でない推論形式だ。たとえ前提が真でも、結論が真であるとは保証されない。たとえば、次のようになる。

(前提1) 道路が凍っていると、郵便が遅れる。

(前提2) 道路は凍っていない。

(結論) それゆえ、郵便は遅れない。

道路が凍っていれば郵便の配達は遅れるだろうが、郵便の配達が遅れる理由はほかにもある。この論証は別の説明を見過ごしている。

多義による虚偽

論証の途中で言葉の意味を転じてしまうこと。

女性と男性は、そもそも肉体的にも精神的にも異なる存在だ。だから、女性と男性は「等しく」はなく、それゆえ、法律は両者を等しく扱うべきではない。

この論証の場合、前提と結論とでは「等しく」の意味するところが違っている。たしかに、単純に「同一である」という意味では、男性と女性は「等しく」ない。だが法律がいう「等しさ」は、「肉体的および精神的に同一であること」ではなく、「同じ権利および機会が与えられること」を意味している。だから、「等しさ」の意味合いの違いを考慮していい換えれば、こんな論証が考えられる。

女性と男性は、肉体的にも精神的にも等しい存在ではない。それゆえ、女性と男性は同一の権利や機会が与えられていない。

多義による虚偽が取りのぞかれてみると、この論証の前提は、結論を裏づけていないどころか、まるで関連がないとわかる。肉体的および精神的に異なることが、どうして権利や機会の付与に関連しているのか、その理由はまったく示されていない。

不当原因

因果関係に関して疑問の余地がある結論の総称。なぜ疑問の余地がある（とされる）かについては第5章を参照のこと。

誤った両刀論法

実際にはもっと多くの選択肢があるにもかかわらず、二つの選択肢だけを提示するという誤り。提示される選択肢は、両極端な内容である場合が多い。たとえば、「アメリカという国は、愛国者になるか、背を向けるかのいずれかだ」。

もっと微妙な例は次のようなものだ。「宇宙がなにもないところから生じたはずはないのだから、なんらかの知的生命体によってつくられたにちがいない」。知的生命体による創造が唯一の可能性だろうか？　この論証は別の選択肢を見逃している。

倫理的な論証はとくに両刀論法に陥りやすい。たとえば、胎児は私たちと同等の権利を持つ人間か、たんなる細胞組織の塊か、といった問題だ。また、医薬品開発などのための実験に動物を使うのは誤りか、現状での使用は容認できるのか。じつのところ、どんな問題であれ、一般には別の選択肢が存在する。視野を狭めず、できるだけ多くの選択肢を考慮に入れよう！

感情的意味合いの強い言葉

感情的な意味合いの強い言葉は論証を成立させない。それは、むしろ相手を操作しようとするものだ。ルール5を参照のこと。

たんなる再記述

前提として、具体的な独立した根拠を示すのではなく、結論をいい換えただけの内容を提示すること（**たんなる再記述**は**論点先取**の広義の一形態だが、前提が結論を十分に提示しているといえるほどには前提と結論が確立されていない。たんなる再記述を別々の誤謬として考えるとわかりやすい）。

レオ「マリソルはすばらしい建築家だ」
ライラ「なぜ、そういえるの？」
レオ「マリソルはビル設計にすぐれた才能がある」

すばらしい建築家であることと、ビル設計にすぐれた才能があることは、基本的には同じことだ。レオは最初の自分の主張を裏づける具体的な根拠を述べたのではなく、たんにいい換えただけだ。ここでの根拠としては、専門家の意見や、マリソルが設計したビルの具体例が考えられる。

モリエールの戯曲『病は気から』に、たんなる再記述の代表的な例がある。もったいぶった医者のひとりが、薬がなぜ眠りを誘うのかと尋ねられて、「催眠の原理」があるからだと答える。ちょっと聞くとなるほどと納得するものの、よく考えれば、この答えは薬が人を眠らせると言っているだけで、その理由についてはなにも語っていない。答えのように見えるが、実際にはなにも説明せず、くりかえしているだけなのだ。

不合理な推論（non sequitur）

前提となる証拠に矛盾するような、誤った結論を導くこと。悪い論証に対してしばしば使われる用語。論証のどこが誤っているかをはっきりさせよう。

過度の一般化

例の数が不十分なのに一般化してしまうこと。あなたの大学の友人全員がスポーツマンや経営学専攻や菜食主義者だからといって、同級生全員がスポーツマンや経営学専攻や菜食主義者だとはいえない（ルール7とルール8を参照のこと）。例の数がもっと多いとしても、明確に代表的でないかぎりは一般化できない。注意深くあれ！

別の選択肢を見逃す

物事が生じる原因は一つではなく、さまざまな原因が考えられる。たとえば、ルール19で指摘したように、E_1がE_2と関連しているからといって、E_1がE_2の原因だとは決められない。逆にE_2がE_1の原因かもしれないし、まったく別の原因がE_1とE_2の両方の原因かもしれない。E_1はE_2の原因でありうるが、E_2がE_1の原因でもありうる。あるいはE_1とE_2はまったく関連していないかもしれない。**誤った両刀論法**もまた一例だ。一般に、選択肢が二つだけということはない。

説得定義

率直なようでありながら、誘導的な表現を使って言葉を定義すること。たとえば、「進化」を「数十億年もの年月のあいだにめったに起きない出来事の結果として、種が変化するという無神論的な見解」と定義すること。説得定義は好意的な意味合いを含んで定義されることもある。たとえば、「保守派」を「人間の限界について現実的な見解を持つ人々」と表現するように。

井戸に毒を入れる

論証をはじめる前に、誘導的な表現で貶めてしまうやり方。

きっと、あなたはこんな迷信に惑わされる少数派の人々の仲間ではないだろうが……

もっと巧妙な例では、

感受性の鋭い人ならば、こんなふうには考えないだろうが……

前後即因果の誤謬（post hoc, ergo propter hoc＝そのもののあとに、ゆえに、そのものによって）

複数の出来事の前後関係を観察しただけで、それらに因果関係があるとみなす誤謬。第5章でくわしく述べたルールを犯すことで、容易に生じる。第5章に戻って、物事に因果関係があると考えてしまいがちなのはなぜなのか理解しよう。

赤ニシン《レッド・ヘリング》

関係ない、または重要でない問題を持ちだして、議論されている問題から注意をそらすこと。あるいはその関係ない問題のことをいう。持ちだされるのは人々が強い関心を持っている問題であることが多く、そのため論点がそらされたことに気づかない。たとえば、車種別の安全性の差異について議論しているときに、どの車種がアメリカで生産されているかを持ちだすこと。

かかし論法

相手の意見を戯画化して表現し、反論しやすくする。ルール5を参照のこと。

補遺Ⅱ

定義

論証では、言葉の意味に気を配らなければならない場合がある。明確な意味が知られていない、あるいは特殊な意味が通用している言葉もあるだろう。あなたの結論が「ウィージャックは草食である」だとしたら、ネイティヴ・アメリカンのアルゴンキン族を研究している学者と話しているのでないかぎり、最初に用語について説明しなければならない[11]。その場合、まず必要なのは辞書だ。

よく使われるのに、明確な意味を知らない言葉もあるだろう。たとえば「自殺幇助による安楽死」はしばしば議論の対象になるが、この言葉の意味については必ずしも明確に理解されていない。有効な議論をするためには、論証の対象となる内容について一致した見解が必要だ。

用語の意味について議論の余地があるときには、さらに違った種類の定義が必要になる。たとえば、「ドラッグ」とはなんだろう。アルコールはドラッグだろうか。タバコはどうだろう？　タバコがドラッグなら、どんな影響があるだろうか。これらの問いに論理的な答えが見つけられるだろうか？

ルールD1　用語が曖昧なときは明確にする

わが家の近くに住む人が、庭に一メートル二〇センチほどの模型の灯台を建てたことで、市の歴史保存地区委員会からお叱りを受けた。この地区では市の条例で、庭に定着物（fixture）を建築することが禁じられているのだ。彼女は委員会へ呼びだされ、模型を撤去するよういわれた。この話は騒動になって、新聞に載った。

結局、この問題は辞書が解決してくれた。ウェブスターのアメリカ英語辞典によれば、fixtureとは土地に固定された建築物やその付属物を指す。だが、くだんの模型は移動可能で、芝生に飾る装飾品といったほうがふさわしかった。だから「定着物」ではない——法律はそれ以外の定義は定めていなかった。したがって、禁じられる行為とはされなかったのだ。

とはいえ、もっと複雑な問題になると、辞書はそれほど頼りにならない。辞書の定義は同じ意味を別の言葉でいい換えた、いわゆる同義語であることが多く、同義語はあなたが説明しようとしている用語と同じくらい曖昧だったりする。定義は複数あることも多く、その場合は複数のなかからもっとも的確な定義を選ばなければならない。また、単純に間違っていることも多い。ウェブスターのアメリカ英語辞典は前述の例では大変役に立ったが、「頭痛」をひくと「頭部の痛み」と書いてある。この定義はあまりにも大ざっぱだ。蜂に刺されたり、額や鼻をけがしても頭部に痛みはあるだろうが、それは頭痛とは呼ばない。

そこで、もし必要とあれば、**あなたが用語をもっと明確にしなければならない**。漠然とした言葉ではなく、具体的で明確な言葉を使おう（ルール4を参照のこと）。用語の意味を狭めすぎないよう注意して、明確にしよう。

「有機食品」とは、化学肥料や農薬を使わないで生産した食品である。

こんなふうに定義すれば、言葉の意味がはっきりして、次の段階へと進める。いうまでもないことだが、いったん定義したら、論証の途中で意味を変化させてはならない（**多義による虚偽**は避けよう）。

中立的であることも辞書の有用な点である。ウェブスターは「中絶」を「哺乳類の未成熟な胎児を強制的に排除すること」と説明している。これはまさに中立的だ。中絶が道徳的か非道徳的かを決めるのは辞書の仕事ではない。反対派の立場からすれば、中絶の定義は次のようになる。

「中絶」とは「赤ちゃんを殺すこと」を意味する。

この定義は、感情的意味合いが強い。胎児は赤ちゃんとまったく同じとはいえないだろうし、「殺す」という言葉は、罪のない人々にまで悪意の汚名を着せてしまいかねない。胎児の生命を絶つことが赤ちゃんの命を絶つことに匹敵するかどうかは、議論の余地があるところだが、その判断は定義にではなく、論証にゆだねるべきである（ルール5および**説得定義**の誤謬を参照のこと）。

用語を定義するには、ある程度の調査が必要になるかもしれない。調査を行えば、

「自殺幇助による安楽死」が、死に対して明確な意思を持つ患者が医師の助けを借りて自殺することだとわかる。患者本人の承諾なしに、医師が「生命維持装置を停止させる」行為は「自殺幇助による安楽死」とはいわない（これは「反自発的安楽死」の一種であり、カテゴリーが異なる）。「自殺幇助による安楽死」と定義されるものに反対する理由はいろいろあるだろうが、最初からきちんと定義しておけば、少なくとも論争において誤解や食い違いが生じるのは避けられる。

特定の条件をつけることによって、用語を定義することもできる。これは**操作的定義**と呼ばれる。たとえばウィスコンシン州の法律は、法律制定に関するすべての会議を住民に開放することを義務づけている。だが、どんな「会議」がこの法律の対象となるのだろう？　法律は簡にして要を得た条件を示している。

「会議」とは、議論の対象とされる法律を否定するのに十分な人数の議員が出席する集まりのことである。

この定義は通常使われる「会議」の意味よりも範囲がはるかに狭い。だが、一般市民の目の届かないところで議員たちが勝手に重要な事柄を決定するのを防ぐという、この法律の目的を達するには十分だ。

ルールD2　用語について議論が生じたら、明快なケースに準拠して定義する

用語について議論が生じることもある。その場合、一つの説明を提示するだけでは十分でない。もっと複雑な論証が必要だ。

用語について議論が生じたら、三通りに分類して考えるといい。第一は、その用語が明らかにあてはまるケース。第二は、その用語が明らかにあてはまらないケース。そして両者のあいだに位置づけられるのが、どちらに分類すべきかはっきりしないケース。そのうえで、次のような条件を満たす言葉の定義を探すのだ。

条件1　その用語が明らかにあてはまるケースをすべて含む。
条件2　その用語が明らかにあてはまらないケースをすべて排除する。
条件3　条件1と条件2のあいだにできるだけ単純な線を引いて、なぜほかのど

こでもなく、そこに線を引くことができるのかを説明する。

一例として、「鳥」がどのように定義されるか考えてみよう。鳥とはなにか。コウモリも鳥だろうか。

条件1を満たすには、定義の対象となるものが属するカテゴリー（属）が役立つことが多い。鳥は動物の範疇に入る。条件2と条件3を満たすには、鳥が他の動物とどのように違っているか（論理学では種差と呼ばれる）を特定しなければならない。つまり、ここで問題になるのは、鳥をほかの動物と区別するものはなにか――すべての鳥に共通し、鳥だけにある特有の性質――である。

鳥だけにある特有の性質を特定するのは意外とむずかしい。たとえば、「飛ぶこと」とはいえない。ペンギンやダチョウは鳥の仲間だが飛べないし（したがって、すべての鳥をカバーできず、条件1に反する）、ハチや蚊は鳥ではないが飛べる（鳥以外のものにもあてはまるので、条件2に反する）。

すべての鳥にあてはまり、鳥だけにあてはまる性質は、羽毛を持っていることだ。ペンギンもダチョウも飛べないが羽毛を持っている――彼らも鳥なのだ。昆虫は飛ぶことはあっても羽毛はないし、（念のためにいえば）コウモリにも羽毛はない。

では、さらにむずかしい例を考えてみよう。「ドラッグ」を定義する性質はなんだろう？

まずは明確な例からはじめよう。ヘロイン、コカイン、マリファナは明らかにドラッグだ。空気、水、食物の大半、シャンプーは明らかにドラッグでない――ただしドラッグと同じく摂取したり、体につけたりする「物質」だが。タバコやアルコールは区別がはっきりしない[12]。

問題はこういうことだ。「ドラッグ」とされるものをすべて含み、ドラッグではない物質をすべて排除し、両者のあいだに線引きできる、一般的な説明はあるだろうか。

「ドラッグ」は、大統領諮問委員会においても、肉体や精神になんらかの変化をもたらす物質と定義されている。だが、この定義はおおまかすぎる。空気や水や食品なども含まれてしまうので、条件2を満たしていない。

心身になんらかの変化をもたらす非合法の物質、という定義も成り立たない。この定義はある程度あたっているといえなくもないが、条件3にかなっていない。なぜそこで線引きができるのか説明していないのだ。これでは、そもそも「ドラッグ」とはなにかを定義しようとしていたのに、どの物質が合法でどの物質が非合法であるべきかを定義しなければいけなくなる！「ドラッグ」を非合法の物質と定義することは、その作業を省いてしまっている（技術的な点からすれば、**論点先取**の誤謬にあたる）。

では、こんな定義はどうだろうか。

ドラッグとは、おもに精神を特殊な状態に変化させるために使われる物質である。

ヘロイン、コカイン、マリファナは明らかにあてはまる。食品、空気、水はあてはまらない――なぜなら、これらは精神状態を変化させるが、特殊な状態にはしないし、私たちが食品を食べたり空気を吸ったり水を飲んだりするのは、精神状態を変化させるのが主要な理由ではないからだ。はっきりと分けられない事例については、なによりも精神に対して重要な作用をおよぼすかどうか、と問うてみればいい。

認識力をゆがめたり、気分を変化させたりする作用は、「ドラッグ」をめぐる昨今の道徳的議論において重大な問題にされているので、議論の余地はあるものの、この定義はここで求められている線引きを明確に示しているといえる。

ドラッグは中毒になりやすいことも付け加えるべきだろうか。その必要はないだろう。中毒になりやすいがドラッグではない物質もあるからだ——たとえば特定の食べ物がそうといえる。（一部の人々がマリファナについて主張しているように）「精神を特殊な状態に変化させる」が習慣性はない物質は、どうなるのだろう？ それはドラッグではないのだろうか？「中毒性」はおそらく「ドラッグ乱用」の定義には必要だろうが、「ドラッグ」の定義には必要ないだろう。

ルールD3 定義は論証の役目を果たさない

定義は考えを整理したり、物事を区別したり、重要な類似点や相違点を選別するうえで役に立つ。定義を明確にすると、じつは論点とされている問題に反対ではなかったことに気づくことさえあるだろう。

だが、定義自体によってむずかしい問題が解決することはめったにない。たとえば「ドラッグ」の定義を求めるのは、一つには、ある特定の物質に対してどんなスタンスをとるかを決めるためだ。だが、そうして得られた定義が問題を解決するかといえば、そうではない。たとえば、前述の定義によれば、コーヒーは一種のドラッグだ。カフェインはたしかに、精神を特殊な状態に変化させる。しかも習慣性がある。だからといって、コーヒーを禁止すべきだろうか。そんなことはない——なぜなら、その効果はおだやかで、多くの人にとって社会的に前向きな影響をもたらすからだ。結論に飛びつく前に、得られる利益とこうむる害とを天秤にかけて評価する必要がある。

マリファナは前述の定義によればドラッグである。マリファナは禁止されるべきだろうか？　コーヒーと同じように、マリファナについてもさらなる議論が必要だ。マリファナは作用がおだやかで、社会的に前向きな効果があると主張する人もいる。それが事実なら、この物質が「ドラッグ」であっても（コーヒーのように）使用を禁じるべきではないと論じることもできる。その一方で、マリファナはコーヒーよりもはるかに悪い影響をもたらし、もっとハードなドラッグへの「入り口」になりがちだと主張する人もいる。それが正しいのなら、ドラッグであるかないかにかかわらず、マリファナは禁止すべきだという主張もありうる。あるいは、マリファナはある種の抗うつ剤や興奮剤にもっとも近いのかもしれない——これらの薬剤は前述の定義ではやはり「ドラッグ」とされるが、禁止ではなく管理が求められている。

ここでの定義にしたがえば、アルコールはドラッグである。じつのところ、もっとも広く使用されているドラッグだ。アルコールがおよぼす害は甚大で、過度の飲酒による肝臓病はいうまでもなく、妊娠中の飲酒は子どもの先天的障害を引き起こしうるし、交通事故を招いて多くの死者を出したりもする。アルコール摂取は制限したり禁じたりすべきだろうか？　おそらくはそうだろうが、反対意見もあるだろう。ここでも、アルコールはドラッグであるという定義そのものは問題を解決しない。ただし、影響が重要なのだ。

要するに、定義は問題を明確にするが、それ自体が問題を解決することはめったにない。用語を明確にすること、自分が尋ねている問いを明確にすることは重要だ。だが、それを明確にしただけで、答えが得られると期待してはならない。

注

第1章　短い論証をつくる——基本的なルール

（1）作者不詳『クールでおかしな引用』(http://coolfunnyquotes.com、二〇一七年二月六日)より。

第3章　類推による論証

（2）『マイアミ・ニューズ』一九七三年九月二三日。

第4章　権威による論証

（3）デ・グレイのよく知られている理論については、『老化を止める7つの科学——エンド・エイジング宣言』（高橋則明訳、ＮＨＫ出版、二〇〇八年）に詳しい。老年学者たちによる批判については、Huber Warner, et al., "Science Fact and the SENS Agenda," *EMBO Reports* 2005 (6): 1006-1008, http://embopress.org/content/6/11/1006.

（4）温暖化の現況や懐疑的な主張については、G. Thomas Farmer の *Modern Climate Change Science* (Springer, 2015) を参照のこと。重ねていうが、専門家の一致した意見が正しいとはかぎらない。だが、専門家の意見の一致は、一般に最良の選択だ。温暖化の「否定派」たちも、もし医者が全員一致で、あなたは深刻な病気にかかっていると診断したら、反論しようとはしないはずだ。どれほど熱心に望んでいても、医者が間違っていることに自分の命を賭けたりはしないだろう。にもかかわらず、私たちに対して、専門家の共通認識が間違っていることに地球の未来を賭けろというのか？　温暖化に関する調査研究をやめさせたり、科学者が温暖化対策を計画する各種機関と交流するのを妨げたりする、最近の一部の政治家たちの試みはさらに悪い。それらは証拠にもとづいた建設的な懐疑主義ではなく、じつのところ、その正反対のものだ。たとえ責任を負うにしても否定するには証拠が必要だ！

(5) Jim Giles, "Internet Encyclopedias Go Head to Head," *Nature* 438 (7070): 900–1, December 2005 を参照のこと。なお、同誌の二〇〇六年三月号にはブリタニカ百科事典からの反論とそれに対する再反論が収録されている。

第6章　演繹的論証

(6) アーサー・コナン・ドイル『白銀号事件』より。

(7) デヴィッド・モローによる引用、マイク・ウォール「当局によれば、宇宙ではまだセックスはない」二〇一一年四月二二日、http://www.space.com/11473-astronauts-sex-space-rumors.html.

(8) アーサー・コナン・ドイル『四つの署名』より。

第7章　論証を展開する

(9) この論証をめぐる最近の意見は、セス・ショスタック「私たちは孤独な存在なのか?」(ダグラス・バコッホ、アルバート・ハリソン編 *Civilization Beyond Earth* 所収) を参照のこと。

第10章　公開討論

(10) Common Ground Network for Life and Choice を検索のこと。Search for Common Groundの最近のプロジェクトであり、一見の価値がある。学問的な扱いについては、ロビン・ウェスト、ジャスティン・マレー、メレディス・エッサーが編者となった *In Search of Common Ground on Abortion: From Culture War to Reproductive Justice* (Ashgate, 2014) を参照のこと。

補遺Ⅱ　定義

(11) 「ウィージャック」とは、北米北部原産のテンの一種であるフィッシャーのアルゴンキン語の呼び名。「草食」とは、植物しか食べないか、植物を主食とすること。じつのところ、ウィージャックは草食ではない。

(12) アスピリンや抗生物質、ビタミン、抗うつ剤など、「ドラッグストア」で買えるものと、薬学上の「ドラッグ」との線引きも不明確さがある。だが、アスピリンなどは「医薬品」であり、いわゆる「ドラッグ」とは異なる。

参考書籍

本書の主題は一般に「クリティカル・シンキング（批判的思考）」と分類される。もし、あなたが学生で、この主題についてさらに学びたいのなら、クリティカル・シンキングの授業、あるいはコース名に「論理」とついている哲学の入門コースを探そう。この主題についてもっと本を読みたいのであれば、オンライン上にも学校や大学の図書館にも数多くの本があるが、なかでもデヴィッド・モローと私との共著で、本書と連携している『論証のワークブック』（*A Workbook for Arguments*, Hackett Publishing Company, 2015, 未邦訳）をまずはおすすめする。ルイス・ヴォーン『クリティカル・シンキングの力』（*The Power of Critical Thinking*, 6th Edition, Oxford University Press, 2018, 未邦訳）も最近の良書だ。

クリティカル・シンキングはかつて、形式論理学に対して「非形式論理学」と呼ばれた。形式論理学を学ぶ際には、本書の第6章で説明した演繹法からスタートして、記号論理学へと展開していく。もし、あなたがそちらの方向から学びたいのであれば、「論理学」「記号論理学」をキーワードにして探せば参考書籍は数多くある。形式論理学と非形式論理学とを融合した本もある。デヴィッド・ケリー『論理の技法』(*The Art of Reasoning*, 4th Edition, W.W. Norton & Company, 2013, 未邦訳)はその好例である。

レトリックは説得力のある言語の使い方を研究する。ティモシー・クルーシアス、キャロリン・チャンネル『大学で学ぶ議論の技法』(慶應義塾大学出版会、杉野俊子・中西千春・河野哲也訳、二〇〇四年)は良書だ。ソーニャ・フォス、カレン・フォス『魅力的な変化――変化する世界におけるプレゼンテーションでの話し方』(*Inviting Transformation: Presentational Speaking for a Changing World*, 3rd Edition, Waveland Press, 2011, 未邦訳)は、レトリックや口頭でのプレゼンテーションについて、好戦的でない「魅力的な」アプローチを語っている。ジェラルド・グラフ&キャシー・バーケンシュタイン『彼らは言う、私は言う』(*They Say, I Say*, 4th Edition, W.W. Norton & Company, 2018, 未邦訳)は、アカデミック・ライティングのためにとくに有用なレトリックの導入書だ。

倫理学におけるクリティカル・シンキングの役割については、私の著書『二一世紀の倫理学の道具箱』（*A 21st Century Ethical Toolbox*, 4th Edition, Oxford University Press, 2017, 未邦訳）を参照のこと。クリティカル・シンキングにおける倫理学の役割については同書の一一章と一二章、さらにマーティン・ファウラー『クリティカル・シンキングの倫理的実践』（*The Ethical Practice of Critical Thinking*, Carolina Academic Press, 2008, 未邦訳）を参照のこと。論証のクリエイティブ・ライティングについては、フランク・シオフィ『想像的論証――書き手への実践的マニフェスト』（*The Imaginative Argument: A Practical Manifesto for Writers*, Princeton University Press, 2005, 未邦訳）を参照のこと。

誤謬については、ハワード・カハネ、ナンシー・キャベンダー『論理学と現代のレトリック』（*Logic and Contemporary Rhetoric*, Wadsworth Publishing, 1997, 未邦訳）を参照のこと。

文体についてはウィリアム・ストランク、E・B・ホワイト『英語文章ルールブック』（荒竹出版、荒竹三郎訳、一九八五年）が、おもに本書と共通の精神で書かれている。これらの本を書棚において、どうか埃を積もらせずに活用してほしい！

第5版に寄せて

この本は長年にわたって、高校生からロースクールの学生、さらにさまざまな立場の人々にまで、幅広い読者に恵まれつづけてきた。世界もまた変化しつづけてきた。この第五版はそうした変化に合わせて手を加えた成果である。とりわけ注目すべきは、「パブリック・ディベート」をテーマにした章をあらたに加えたことで、新旧のルールを取りあげている。パブリック・ディベートの現状はかなり残念なものであり、それには多くの原因があるものの、パブリック・ディベートに関わる礼儀や倫理の理解を深めれば、必ずや役立つはずだ。六つの短いルールを守るだけで、大きな変化がもたらされるにちがいない！

もっと細かい変化としては、文中の例の内容を時代に合わせて幅広い分野から選んで刷新した。たとえば、アインシュタインの代わりにビヨンセ。この第五版はこれまでよりも新鮮で、内容満載で、ユーモアに富んでいる。一部のルールではサブタイトルも変更した。良い論証や良い議論の仕方について学ぶにあたって、二の足を踏んでいる余裕はないので、この新版はやや尖っている印象を持たれるかもしれない。

参考までにつけ加えるが、教師や学生のために『論証のワークブック（*A Workbook for Arguments*）』と題した、本書のコンパニオン・テキストブックが刊行されている。デヴィッド・モローとの共著であるこの本では、さらに詳細な解説や実例、そして練習問題と模範解答などを載せた。そうした本が必要だとするハケット・パブリッシング社と私の意見を受け入れてくれ、執筆の大部分を担ってくれたモロー教授には大変感謝している。このワークブックもまた版を重ねている（初版は二〇一三年、二版は二〇一五年）。デヴィットの洞察力と提言は、本書の第五版刊行にもおおいに助けとなった。

旧版で例として取り上げた、高名な哲学者デヴィッド・ヒュームによる神の存在に関する論証については本書では省いているが、『論証のワークブック』でよりくわしく説明している。『論証のワークブック』は本書のためのフォローアップであり、授業でテキストとされていなくても活用することができる。ぜひ手に取ってご覧いただきたい。

本書のために貴重な考えや示唆、そして刺激を与えて貢献してくれた、わが同僚や学生や家族や友人のリストは、いまや膨大なものとなっている。なかでも、この機会にハケット・パブリッシング社のデボラ・ウィルケス社長および社員のみなさんに心から御礼を申し上げたい。彼らのしっかりした助力と優しい励ましが、本書とワークブックとの両方を、楽しく実り多いプロジェクトにしてくれた。みなさんに心からの感謝を！

アンソニー・ウェストン

二〇一七年七月

本書は、二〇〇五年一〇月に刊行された『論理的に書くためのルールブック』(PHP研究所、原著第三版からの訳出)をもとに、二〇一八年刊行の原著第五版に沿って、全面的な改訂を施したものである。

英語の発想　安西徹雄

直訳から意訳への変換ポイントは、根本的な発想の転換にこそ求められる。英語と日本語の感じ方、認識パターンの違いを明らかにする翻訳読本。

英文読解術　安西徹雄

単なる英文解釈から抜け出すコツとは？　名コラムニストの作品をテキストに、読解の具体的な秘訣と要点を懇切詳細に教授する、力のつく一冊。

〈英文法〉を考える　池上嘉彦

文法を身につけることとコミュニケーションのレベルでの正しい運用の間のミッシング・リンクを、認知言語学の視点から繋ぐ。（西村義樹）

日本語と日本語論　池上嘉彦

認知言語学の第一人者が洞察する、日本語の本質。既存の日本語論のあり方を整理し、言語類型論の立場から再検討する。（野村益寛）

文章表現　四〇〇字からのレッスン　梅田卓夫

誰が読んでもわかりやすいが自分にしか書けない、そんな文章を書こう。発想を形にする方法、〈メモ〉の利用法、体験的に作品を作り上げる表現の実践書。

反対尋問　フランシス・ウェルマン　梅田昌志郎訳

完璧に見える主張をどう切り崩すか。名弁護士らが用いた技術をあますことなく紹介し、多くの法律家に影響を与えた古典的名著。（平野龍一／高野隆）

概説文語文法　改訂版　亀井孝

傑出した国語学者であった著者が、たんに作品解釈のためだけではない「教養としての文法」を説く。国文法を学ぶ意義を再認識させる書。（屋名池誠）

レポートの組み立て方　木下是雄

正しいレポートを作るにはどうすべきか。『理科系の作文技術』で話題を呼んだ著者が、豊富な具体例をもとに、そのノウハウをわかりやすく説く。

中国語はじめの一歩〔新版〕　木村英樹

発音や文法の初歩から、中国語の背景にあるものの考え方や対人観・世界観まで、身近なエピソードとともに解説。楽しく学べる中国語入門。

深く「読む」技術　今野雅方

「点が取れる」ことと「読める」ことは、実はまったく別。ではどうすれば「読める」のか？ 読解力を培い自分で考える力を磨くための徹底訓練講座。

議論入門　香西秀信

議論で相手を納得させるには5つの「型」さえ押さえればいい。豊富な実例と確かな修辞学的知見をもとに、論証や反論に説得力を持たせる論法を伝授！

どうして英語が使えない？　酒井邦秀

『でる単』と『700選』で大学には合格した。でも、少しも英語ができるようにならなかった「あなた」へ。学校英語の害毒を洗い流すための処方箋。

快読100万語！ペーパーバックへの道　酒井邦秀

辞書はひかない！ わからない語はとばす！ すぐ読めるやさしい本をたくさん読めば、ホンモノの英語が自然に身につく。奇跡をよぶ実践講座。

さよなら英文法！多読が育てる英語力　酒井邦秀

「努力」も「根性」もいりません。愉しく読むうちに豊かな実りがあなたにも。人工的な「日本英語」を棄て真の英語力を身につけるためのすべてがここに！

古文読解のための文法　佐伯梅友

複雑な古文の世界へ分け入るには、文の組み立てや語句相互の関係を理解することが肝要だ。「佐伯文法」の到達点を示す、古典文法の名著。（小田勝）

チョムスキー言語学講義　チョムスキー／バーウィック　渡会圭子訳

言語は、ヒトのみに進化した生物学的な能力である。その能力とはいかなるものか。なぜ言語が核心なのか。言語と思考の本質に迫る格好の入門書。

文章心得帖　鶴見俊輔

「余計なことはいわない」「紋切型を突き崩す」等、実践的に展開される本質的文章論。70年代に開かれた一般人向け文章教室の再現。（加藤典洋）

ことわざの論理　外山滋比古

「隣の花は赤い」「急がばまわれ」……お馴染のことわざの語句や表現を味わい、あるいは英語の言い回しと比較し、日本語の心性を浮き彫りにする。

大村はま 優劣のかなたに　苅谷夏子

現場の国語教師として生涯を全うした、はま先生。遺されたことばの中から60を選りすぐり、先生の人となり、思想、仕事に迫る、珠玉のことば集。

増補 教育の世紀　苅谷剛彦

教育機会の平等という理念の追求は、いかにして学校を競争と選抜の場に変えたのか。現代の大衆教育社会のルーツを20世紀初頭のアメリカの経験に探る。

古文の読解　小西甚一

碩学の愛情が溢れる、伝説の参考書。魅力的な読み物でもあり、古典を味わうための最適なガイドになる一冊。　（武藤康史）

古文研究法　小西甚一

受験生のバイブル、最強のベストセラー参考書がついに！ 碩学が該博な知識を背景に全力で書き下ろした、教養と愛情あふれる名著。　（土屋博映）

国文法ちかみち　小西甚一

伝説の名教師による幻の古文参考書、第三弾！ 文法を基礎から身につけつつ、古文の奥深さも味わえる、受験生の永遠のバイブル。　（島内景二）

人間理解からの教育　ルドルフ・シュタイナー　西川隆範訳

子どもの丈夫な身体と、みずみずしい心と、明晰な頭脳を育てる。その未来の可能性を提示したシュタイナー独自の教育論の入門書。　（子安美智子）

よくわかるメタファー　瀬戸賢一

日常会話から文学作品まで、私たちの言語表現を豊かに彩る比喩。それが生まれるプロセスや上手な使い方を身近な実例とともに平明に説く。

教師のためのからだとことば考　竹内敏晴

ことばが沈黙するとき、からだが語り始める。キレる子どもたちと教員の心身状況を見つめ、からだと心の内的調和を探る。　（芹沢俊介）

新釈現代文　高田瑞穂

現代文を読むのに必要な「たった一つのこと」とは……。戦後20年以上も定番であり続けた伝説の大学受験国語参考書が、ついに復刊。　（石原千秋）

ドストエーフスキー覚書　森　有正

深い洞察によって導かれた、ドストエーフスキーを読むための最高の手引き。主要作品を通して絶望と死、自由、愛、善を考察する。（山城むつみ）

西洋文学事典　桑原武夫監修　黒田憲治／多田道太郎編

この一冊で西洋文学の大きな山を通読できる！ 20世紀の主要な作品とあらすじ、作者の情報や社会的トピックスをコンパクトに網羅。（沼野充義）

西洋古典学入門　久保正彰

古代ギリシア・ローマの作品を原本に近い形で復原すること。それが西洋古典学の使命である。ホメーロスなど、諸作品を紹介しつつ学問の営みを解説。

貞観政要　呉兢　守屋洋訳

大唐帝国の礎を築いた太宗が名臣たちと交わした政治問答集。編纂されて以来、帝王学の古典として屹立する。本書では、七十篇を精選・訳出。

シェイクスピア・カーニヴァル　ヤン・コット　高山宏訳

既存の研究に画期をもたらしたコットが、バフチーンのカーニヴァル理論を援用しシェイクスピア作品に流れる「歴史のメカニズム」を大胆に読み解く。

初学者のための中国古典文献入門　坂出祥伸

文学、哲学、歴史等「中国学」を学ぶ時、必須となる古典の基礎知識。文献の体裁、版本の知識、図書分類他を丁寧に解説する。反切とは？　偽書とは？

詳講　漢詩入門　佐藤保

二千数百年の中国文学史の中でも高い地位を占める古典詩。その要点を、形式・テーマ・技巧等により系統だてて、初歩から分かりやすく詳しく学ぶ。

シュメール神話集成　杉勇　尾崎亨訳

「洪水伝説」「イナンナの冥界下り」など世界最古の神話・文学十六篇を収録。ほかでは読むことのできない貴重な原典資料。豊富な訳注・解説付き。

エジプト神話集成　杉勇　屋形禎亮訳

不死・永生を希求した古代エジプト人の遺した、ピラミッド壁面の銘文ほか、神への讃歌、予言、人生訓など重要文書約三十篇を収録。

宋名臣言行録　朱熹 編　梅原郁 編訳

北宋時代、総勢九十六名に及ぶ名臣たちの言動を大儒・朱熹が編纂。唐代の『貞観政要』と並ぶ帝王学の書であり、処世の範例集として今も示唆に富む。

資治通鑑　司馬光　田中謙二 編訳

全二九四巻にもおよぶ膨大な歴史書『資治通鑑』のなかから、侯景の乱、安禄山の乱など名シーンを精選。破滅と欲望の交錯するドラマを流麗な訳文で。

十八史略　曾先之　今西凱夫 訳　三上英司 編

『史記』『漢書』『三国志』等、中国の十八の歴史書をまとめた『十八史略』から、故事成語、人物にまつわる名場面を各時代よりセレクト。（三上英司）

アミオ訳　孫子（漢文・和訳完全対照版）　守屋淳 監訳・注解　臼井真紀 訳

最強の兵法書『孫子』。この書を十八世紀ヨーロッパに紹介したアミオによる伝説の訳業がついに邦訳。その独創的解釈の全貌がいま蘇る。（伊藤大輔）

プルタルコス英雄伝（全3巻）　プルタルコス　村川堅太郎 編

デルフォイの最高神官、故国の栄光を懐かしみつつローマの平和を享受した〝最後のギリシア人〟プルタルコスが生き生きと描く英雄たちの姿。

和訳 聊斎志異　蒲松齢　柴田天馬 訳

中国清代の怪異短編小説集。仙人、幽霊、妖狐たちが繰り広げるおかしくも艶やかな話の数々。日本の文豪たちにも大きな影響を与えた一書。（南條竹則）

フィレンツェ史（上）　ニッコロ・マキァヴェッリ　在里寛司／米山喜晟 訳

権力闘争、周辺国との駆け引き、戦争、政権転覆……。マキァヴェッリの筆によりさらにドラマチックに彩られるフィレンツェ史。文句なしの面白さ！

フィレンツェ史（下）　ニッコロ・マキァヴェッリ　在里寛司／米山喜晟 訳

古代ローマ時代からのフィレンツェ史を俯瞰することで見出された、歴史におけるある法則……。マキァヴェッリの真骨頂が味わえる一冊！（米山喜晟）

ギルガメシュ叙事詩　矢島文夫 訳

ニネベ出土の粘土書板に初期楔形文字で記された英雄ギルガメシュの波乱万丈の物語。「イシュタルの冥界下り」を併録。最古の文学の初の邦訳。

ちくま学芸文庫

論証《ろんしょう》のルールブック〔第《だい》5版《はん》〕

二〇一九年四月十日　第一刷発行

著　者　アンソニー・ウェストン
訳　者　古草秀子（ふるくさ・ひでこ）
発行者　喜入冬子
発行所　株式会社　筑摩書房
東京都台東区蔵前二―五―三　〒一一一―八七五五
電話番号　〇三―五六八七―二六〇一（代表）
装幀者　安野光雅
印刷所　三松堂印刷株式会社
製本所　三松堂印刷株式会社

ISBN978-4-480-09924-2　C0180